都是我们
自己的日子
DOUSHI WOMEN ZIJI DE RIZI

时代出版传媒股份有限公司
安徽文艺出版社

作者简介：

刘政屏，中国作家协会会员，安徽省档案文化研究委员会主任，安徽省散文随笔学会副会长，合肥市作家协会副主席。

出版有长篇纪实作品《就这样，我们赢了！》（有台湾繁体字版本），散文随笔集《倾听合肥》《享受合肥方言》《就这么简单》《一包书的分量》《撮造山巷上空的月亮》《合肥这座城》《漫步合肥街巷》《合肥风雅往事》《杨振宁"书"话》等。

编著作品集《阅读合肥》《五虎出列》《以书的名义聚会》（4种）、"合肥文字"系列丛书（4种）《傅雷：我爱一切的才华》《秋毫露滴——庐州刘氏文墨初辑》等。

都是我们自己的日子

DOUSHI WOMEN
ZIJI DE RIZI

刘政屏 ◎著

时代出版传媒股份有限公司
安徽文艺出版社

图书在版编目（CIP）数据

都是我们自己的日子/刘政屏著. —合肥：安徽文艺出版社，2023.11
ISBN 978-7-5396-7602-9

Ⅰ. ①都… Ⅱ. ①刘… Ⅲ. ①散文集－中国－当代 Ⅳ. ①I267

中国版本图书馆CIP数据核字(2022)第229349号

出 版 人：姚　巍
责任编辑：张　磊　　　　　　装帧设计：徐　睿
....
出版发行：安徽文艺出版社　　　www.awpub.com
地　　址：合肥市翡翠路1118号　邮政编码：230071
营 销 部：(0551)63533889
印　　制：安徽联众印刷有限公司　(0551)65661327
....
开本：700×1000　1/16　印张：15.25　字数：230千字
版次：2023年11月第1版
印次：2023年11月第1次印刷
定价：58.00元
....
（如发现印装质量问题，影响阅读，请与出版社联系调换）
版权所有，侵权必究

目 录

前面的话 / 001

· 随想漫谈

山村:那些读书的孩子 / 003

彼岸:回归生活的本真 / 006

书店:困境或许是个契机 / 008

生活:还是要做一点功课 / 010

思绪:所谓有意思的日子 / 013

漫谈:"人格透支"及其他 / 017

散章:不完美的茶花…… / 019

闲聊:缸、绿萝与吃蟹 / 022

· 读书认字

有关鲁迅的一些断想 / 029

那一份深沉而复杂的温情——读鲁迅写给母亲的信 / 031

《呐喊》版本收集 / 038

"文字机器"张恨水 / 041

人格的分裂和人性的堕落——许春樵《放下武器》读后 / 044

在查济看春联 / 047

"同"这个字(外一篇) / 050

微信公众号开通半月记 / 052

- 合肥记录

　　合肥这座城 / 057

　　合肥的大与小 / 062

　　圈起一座城市的气韵 / 065

　　后大街安庆路 / 071

　　长江中路忧思录 / 074

　　一条叫虞乡的路 / 078

　　凤梅是谁？——合肥 K3 路公交车站名漫想 / 082

　　夜未央，且待我们细细想来 / 084

　　庐江记忆 / 087

　　和父亲聊庐剧 / 090

　　蔡大嫂这样的合肥女人——庐剧剧本《卖洋纱》读后 / 093

　　桌上叫添酒，厨房在摇头——《讨学钱》精彩唱段赏析 / 096

- 皖籍人物

　　他是一个传奇——隋朝科学家耿询 / 101

　　青苔黄叶满贫家——唐代诗人刘长卿 / 104

　　欲作家书意万重——唐代诗人张籍 / 108

　　人心莫厌如弦直——唐代诗人李绅 / 112

　　斜风细雨不须归——唐代诗人张志和 / 117

　　眼前何事不伤神——唐代诗人杜荀鹤诗漫谈 / 120

· 一些故事

生活真是不可以随意对待 / 143

雪天里的笑声 / 145

父亲的针线活 / 148

钥匙失踪之谜 / 150

大山里的家 / 152

路上聊天 / 155

兄弟,我在想你! / 157

· 行走记录

淮安:淮河从来没有离开 / 161

蜕变中的新汴河景区 / 179

凤阳的复兴:任重道远 / 182

- **微博思绪**

　　生活不易，理解就是一种呵护 / 187

　　浮华之下的那么一点真实 / 191

　　遇事宽容忍让是一种修养 / 195

　　再大的事情都有琐碎的细节 / 198

　　适当地糊涂一点不是坏事 / 201

　　让人生多一点轻松和乐趣 / 205

　　将命运掌握在自己手里 / 209

　　每个人都会为自己的选择付出代价 / 213

　　把有限的精力用在有意思的事情上 / 216

　　我不太相信所谓一蹴而就的奇迹 / 220

　　人生没有那么多便宜可讨 / 224

　　必须从根本上解决问题，这是常识 / 228

　　好日子差日子都是我们自己的日子 / 232

　　享受那些简单的快乐 / 234

前面的话

有些人总是会懊悔,在他们看来,如果可以将以前的时光再过一遍,他们一定会少了很多遗憾。我倒是觉得,即便时光可以倒流,还是会有很多遗憾和懊悔,我们不可能让生活尽善尽美,我们不能够用今天的眼光去看过去,我们还得小心自己当下的状态又会让明天的自己懊悔。

不过,如今回首,我还是有一些挥之不去的悔意,因为我的确是不够安静,也不够努力,喜欢做一些表面喧哗热闹的事情,真正静下心来读书、写作的时候并不多。

很多时候,我会很努力去做一个能被许多人认可的好人、热心人,这种虚荣和讨好人的心态,让我付出了大量的时间和精力,而结果并不像我想象的那样。被利用和劫持的感觉并不好。

现在想来,总是很真诚地为别人着想,总是不忍心拂别人的面子,总是想把一些事情做得尽善尽美,总是感觉付出的同时会有一种快感,实际上都是一种空虚和逃避,逃避自己应该尽的责任、应该做的事情、应该达到的高度。

不过有一点我不后悔,那就是简单,心地的简单,思维的简单,我不是夸自己,也并不以此为荣,我只是觉得自己就是这样一个人,做不成什么大事,写不出什么好文章,但我不会去做那些心机、邪恶的事,也不会复杂地对待生活。简单不一定是优点,有时还可能是弱点,会让自己失去很多东西,但简单也不是一无是处,因为它始终让我的生活有活力也有动力。

在这样一种不成熟的生活态度下,写作自然是有些盲目、零散的,基本不成体系,也谈不上很多的内涵和境界,过多的即兴写作和被动写作,使得它们总体显得零碎和无序。不过在疫情开始后,我用了不少时间对它们进行了整合、补充,让它们看起来整齐、好看一些,有些文章几乎是推到重来,加入自己最新的研究和思考。

这本书收录的是2017—2018年两年间的大部分散文随笔及短章。

皖籍隋唐人物系列原先有12篇,修改出来的一半基本上以诗人为主,最后一篇《眼前何事不伤神——唐代诗人杜荀鹤诗漫谈》最后居然有8000多字,这些都是我文史随笔写作的一个尝试,这几年也一直在继续,希望能够慢慢地写得好一些。

有关合肥的几篇文字我总想写得全面、好看一些,因此格外用心,它们可以说开启了我的合肥系列文字的写作,也为《合肥这座城》《漫步合肥街巷》打下了比较好的基础。

"微博思绪"属于碎片化写作,虽然每天140字不算多,但坚持下来并不容易,2017年只写了200余则。这一类文字虽然不乏有趣有味有意思,但篇幅太小,展不开说不透,含含糊糊,模棱两可,意义不大。

的确,生活有趣也有味,更有意思,用有限的精力做有意思、有意义的事情,自然更好一些。毕竟我们过的,都是我们自己的日子。

随想漫谈

山村：那些读书的孩子

准确地说，我们这次山村之行算不得真正意义上的支教，但即便如此，我还是很重视并积极参加。这么些年来，为各地的孩子们捐书，我参与过很多回，走上讲台给孩子们上课，似乎还真没有过。

也算得上好事多磨吧，此次山区小学支教能够成行的确很不容易。半个月前我突发腰疾，右腿行走困难，遵照医嘱尽量卧床休息，情况逐步好转。不料十多天后，后背又生了一个疖子，疼痛难忍。经过"家庭医生"比较专业的处置和护理，5月30日症状明显减轻，于是此次支教我得以成行，并夜宿山村。

6月1日一早大家便起来了，收拾好后聚到一起，整理各自带去的书，归拢，然后扎成九捆，找来一些没有字的红纸，剪裁成大小一致的纸片，然后让几位捐赠者每人写一句祝福、勉励的话，再在一张大一些的红纸上集体签名，然后把这些红纸片插在一捆捆书的侧面，感觉立马就不一样了。在我看来，奉献爱心捐书助教无疑是一件好事，但一定要有仪式感，让孩子们感受到大家的爱心和期待，要让他们知道，我们是在用心做这件事，希望他们能够珍惜并努力。

随后，大家一起去了位于乡政府对面的乡中心小学，参观校园、参加捐书仪式之后，大家便切入正题，分头给孩子们上课。

学校的学生不多，一个年级只有一个班。我是在五年级，给孩子们谈一谈"读书和作文"这个话题。

从严格意义上来说,这是我第一次在校园的课堂上课,且不说旁人有些担心,就是我自己也难免有些忐忑。不过当我站在讲台上,面对着几十位朴实可爱的孩子的时候,一切都正常了。我对自己说,或者,这儿原本就挺适合你,而今天则是让你圆一个做了很久的教师梦。我从很小的切口说起,一步步扩大范围,中间穿插一些互动。孩子们一直很认真地听讲,积极踊跃地参加互动、回答问题,总体感觉效果还是不错的。讲课结束后,大家一起合影,不是很刻意的那种。有孩子要求签名,结果所有的孩子都拿来了本子和书,把我围在中间,有些孩子签完了换张纸再签,以至于我很长时间都直不起腰来。

等到我和老师及县里、乡里的领导照完相,一个小姑娘拿着显然就是在校园里现摘的很小的一朵花跑过来给我,让我有些小小的感动。走到学校大门口的时候,有人提醒我往楼上看,只见一大群孩子趴在三楼的扶手上向我挥手:刘老师再见!刘老师再来啊!

那一刻,我的心里很不平静,孩子们的笑脸和声音深深地感动了我,我想我一定还会来的,给他们送去我的书,为他们签名,继续和他们聊一聊读书,聊一聊写作,和他们一起愉快地嬉笑。

实际上,我对支教这件事一直是有些担心的,我担心会不会流于形式,类似走秀,对学校和孩子们非但没有多少帮助,反而还会造成一些干扰,甚至带来不好的影响。还有,我关心的是一次行动、一堂课是否真的会实实在在地给孩子带来一些东西,进而形成某种机制和纽带,使之能够真正开展起来、持续下去。

基于此,我和文友们在捐献图书的选择和细节处理上,在课程的确定和准备上,都用了一点心思、花了一些精力。至于以后会怎么样,我心里还真的没有底,仅就这么一次交流而言,如果能够对这些孩子中的一些人乃至一两个人有些启发和帮助,也会让我感到欣慰的。

于我而言,亲眼看到,亲身体会到,在农村,在山里,在一些偏远的地方,在一些被我们忽视的角落,还有很多孩子需要有人去关心和帮助。在物质生活渐渐得到改善和提高的情况下,他们的学习环境和状态,他们对外面世界和知识的渴求,便显得越来越迫切。

上课时有一件事让我记忆很深。在课堂上我做了一个调查,当我问孩子们他们的父母是否给他们买课外读物时,有一半的孩子举手;我又问,父母给他们买的课外书超过二十本的有多少位同学,有大约四分之一的孩子举手;我接着问,自己拥有一个书橱的有多少同学,只有一个孩子举手。

我问孩子们,父母平时是不是关心他们,孩子们都争着说父母会给他们买好吃的、好玩的和新衣服。这时我无意中发现,好多孩子都是留守儿童,而说到父母常年在外打工,很少回家,孩子们的情绪明显低落了。

我及时岔开了话题,但心里一直还在记挂着这件事。从表面上看,山村里的这些孩子能够受到正常的教育,生活上也没有多大的问题,但是他们大多缺少一个正常的温暖的家庭环境,缺少一个能够满足他们对求知阅读的渴望的基本环境,而有些东西恰恰是需要在孩子们小的时候打下基础的。

因此,我感觉无论是各级机构还是各种社会团体和个人,在扶贫支教的时候,务必要把工作做深做细,为改善孩子们的学习和生活环境做一些切实有效的事情。而那些热热闹闹的走过场式的扶贫支教,非但华而不实,没有什么效果,甚至还会给孩子们造成不好的影响和后果。

山村那些读书的孩子,是家庭的希望,也是我们国家的明天。从某种意义上,关注他们,就是关注我们的国家、我们的未来。

我的耳边又响起了孩子们的欢笑声,我的眼前又出现了那一张张活泼质朴的笑脸。让可爱的孩子幸福,让幸福的孩子成才,我们的明天该是多么美好!

2018.6

彼岸：回归生活的本真

从三十多年前的"深圳速度"，到现在人们经常挂在嘴边的"中国速度"，我们生活的这个国家正发生着巨大的改变。这样的改变甚至远远超出了我们的预料，这些改变涉及我们生活的方方面面，对我们的衣食住行产生着巨大的影响。

二十多年前，Z字头的直达车是我们火车出行的最快速度，从合肥到北京需要近十个小时；如果是T字头的特快，则需要约十一个小时；更为普遍的K字头快车，则要从第一天的傍晚一直开到第二天的中午。追求速度或者忍受不了枯燥的长途，并且经济条件和政治待遇允许的人会选择飞机，在合肥吃过早饭出发，到达北京后不会耽误吃午餐。

那时候日本的磁悬浮列车还是一个传说一样的存在，那时候没有想象过在直达火车和飞机之间还会有一种叫作"高铁（G字头）"的新玩意。从合肥到北京，四个多小时的时间，对于二十多年前的中国人来说，是一个不可思议的梦。但是，这样的梦不但实现了，而且直接改变了我们的生活节奏和思维模式。

我们出行方式的改变并不仅限于火车，三十多年来，我们的日常出行方式从步行和骑自行车向摩托车、私家车迅速转变，曾经的自行车大国，渐渐少了自行车的身影，人们习惯于出门开车或者招手打车。

高速度的发展给我们带来的变化是巨大的，但与此同时它的负面影响也如影随形地走进我们的生活,包括汽车尾气等各种各样的污染,让我们的土地不再肥沃,河流不再清澈,天空不再蔚蓝。雾霾、沙尘暴等大气污染不但模糊了我们的双眼,刺激着我们的呼吸道,同时也让我们感觉心头有一种难以排解的堵——我们要的不是这样的生活。

于是大家在想,我们是不是应该在高速发展的同时,在有些方面慢下来?我们是不是在享受种种便捷的时候,在有些时候动起来?我们是不是在物质生活极大丰富的同时,关照一下我们的精神世界?绿色出行,迈开脚步,离开手机电脑,亲近自然风光——更多的人在思考和行动。

有人说,共享单车的出现是某种精明的经济行为,但在我看来,它更是一种契合人们生活需求应运而生的事物。当一张张青春的脸庞迎着朝阳骑行在城市的大街小巷的时候,我真切地感受到一种回归和张扬。共享单车的意义不仅仅是一种出行方式的改变,它更是一种心态和思考的成熟;环保、便捷与速度的提升非但不矛盾,而且恰恰是我们所追求的生活目标的两个方面。

如果说从K字头的快车到G字头的高铁的"中国速度"让世界刮目相看,那么从汽车出行到共享单车的转化,则彰显出百姓心态的自信和成熟,而这,正是我们最为需要的另一种力量。

当我们的目光从手机、电脑的屏幕,从物质的追求和享受转向蔚蓝的天空的时候,我们会感受到大自然温柔而宽厚的拥抱。这样的安慰和接纳,于我们的身体和灵魂而言,是一种升华和救赎。在这个过程中,速度已经不是问题,回归生活的本真,彼岸就在眼前。

2017.6

书店：困境或许是个契机

对于一座城市来说，那一个个大大小小的书店无疑是它不可或缺的底色和亮点。

对于爱书的人来说，漫步在书店一排排书架之间的记忆无疑是最为深刻和难忘的。

但是不知不觉中，我们去逛书店的次数越来越少了，我们渐渐习惯了在网上浏览，点击，下单。当然，我们不会完全忘了那些书店，时常还会去那里转一转、看一看。

只是时常。

其他时间呢？书店的门依然要开着，该有的房租、水电开支和人员费用一样也不会少。时间久了，自然就会面临收支不平衡，甚至入不敷出，以致最终规模萎缩或者关门歇业。

从这个层面来说，读者是有问题的，他们渐渐习惯于更为便捷的网上购书，他们觉得没有那么多的时间去书店走走看看。是的，没有时间，事情太多了，诱惑太多了，他们没有时间。

但是如果换一个角度想一想，我们就会发现，那种仅仅采购好图书，把它们整整齐齐码放在书架上，然后等着读者上门的书店，已经不能够如过去一般实现很好的销售,获取很好的回报了。面对门庭冷落的局面,书店显然也感觉到哪里出了问题。

的确,书店在公众的心目中与一般意义上的超市、商场是不一样的,但同样不能忽视的是,既然存在着买与卖,那么它就必须要遵循市场规律,客户不上门,就得想办法,或者争取政策的支持,或者想方设法寻求改变。但无论哪一种方法,都不可能会是简简单单、一蹴而就的。

比如"想方设法寻求改变",它的关键点是观念上的改变,而不仅仅是一个形式上的变化。国有大书店的文化综合体的路子显然不适用于势单力薄的个体中小书店。小而精,做出特色和品位,不但让人待得住,同时还会让人想着、念着,这样的书店才会有生机和活力。

事实上,在我们的周围,已经出现不少这样的书店,它们或者叫书店,或者叫书屋,或者叫书吧,或者干脆连"书"字都不带,但它们统统都在做着与图书相关的生意。有很多有意思的小招数,有很能吸引人气的小活动,有很抢眼的外在特色,有很明确的经营理念,这样的"书店"自然能够在新的市场环境里站得住脚。

授人以鱼不如授人以渔,我们与其有些伤感和激动地去怀念和感慨一些老书店的渐行渐远,不如静下心来帮它们找到问题的根源,以及寻求解决问题的方法。那种简单的情绪化的行动或许可以解一时之急,但如果从长计议,还是需要有一系列切实可行的招数。因地制宜,因人而异,既有的成功经验只可以借鉴,不可以原封不动地照搬。

时代的高速发展,必将影响和牵动与之密切相关的一切事物,比如我们每一个人,比如我们记忆中那些美好而难忘的书店。从某种意义上,困境或许是一个契机,一个转身,没准会是一片全新的天地。

2018.1

生活：还是要做一点功课

一

一个月三十天或者三十一天，当然也可能是二十八天或者二十九天，但不管是多少天，过完了，都是一个月。十二个这样叫作"月"的东西过去之后，一年就没有了。

实际上都是些计算的方法，为了好记好算，为了让大家有一个统一的计算方式，明白自己已经过了多长时间。

有一句话说得很对：过去了的日子才是自己的，因为未来是不是属于你还真的不好说。但人们往往不这么认为，他们总是将眼光向着未来，感觉那才是自己的财富。

真是可惜了！忽视了当下就是放掉了最宝贵的，这个道理其实大家都明白，为什么临到跟前又都忘了呢？应该还是心态问题。这样那样的缘故让我们觉得不舒服不好过，于是就想，快一点吧，快一点过去吧，明天或许会好一些吧。一天过去了，一天没有了。

所谓心态，与一个人的智力关系不大，与他的见识有关系——眼界的高度和角度决定了他的判断和心情。这高度和角度,就是心态。

我们中的大多数注定是平凡的,都会有一些华彩风光的日子,余下的,就是平淡的、没有什么趣味的时光。华彩风光的日子怎么过似乎都可以,而如何去度过寡淡乏味的日子,就要看各自的心态和能力了。

我们注定不能够总是拥有时光,尽管它似乎无穷无尽。所以我们必须为自己找一个平衡点,盘算着如何去做才是自己最理想的,否则的确会感觉心里空空的。

其实不必说那些高大上的东西,随心所欲才是最好的,当然必须要有一个前提,就是你有这个判断力和掌控力。就如同我们说认认真真地"虚度",那是一种境界,一般人是学不来的。所以我们还是要做一点功课:如何才能随心所欲和"虚度"?如何才能将每一个日子都过得理直气壮?

二

大雪天,儿子值班去了,我来刷碗。

刷完了收拾好,我盯上有些污渍和氧化层的蒸锅盖,于是先用洗洁精,后用五洁粉,擦了又擦,终于让它变得锃亮。

记得小的时候,母亲时常喜欢用煤炉灰把水壶和钢精锅(尤其是锅盖)擦得锃亮。不过有人说实际上不必如此,那一层不太好看的东西是氧化层,擦去之后还会再有,但母亲依然时常这样做。

今天擦了这个锅盖,还不忘发朋友圈,说明我基本上不做厨房里的事,天天围着锅台转的人早没了这般情趣。这似乎也是时下一个比较普遍的现象,是一种肤浅。不过如果换一个角度去想,也没有什么,小事情,小格调,无伤大雅,说说也无妨。

细心的朋友也许会发现,其实锅盖并没有完全擦干净,把手根部和边沿那一圈似乎还有一些东西没有完全除去。实际上这是我有意的,因为在我这儿,能够在不太完美的情况下收住手,实际上是一件不容易的事。对于有些强迫症的人来说,适可而止,适时收手,都是不太容易的事情。

十分美好累人多,很多事的确没必要做到极致的程度。用力过猛和纠结于细节,极有可能让自己陷入一个怪圈,白白耗费了体力和精力。但是似乎还是有不少人热衷于此,或许在他们看来,过了这个村没有这个店,所以逮到机会便不依不饶、没完没了,如此下去,不但自己很辛苦,也会招惹别人的嗤笑和不满。

如果散漫的人能够专注一些,偏执的人能够放松一些,斤斤计较于眼前的人能够看得远一点,好高骛远的人能够踏实一点,那么,很多结果会更理想一些,一些荒诞和尴尬或许可以避免。

当然,只是如果。

2018.1

思绪：所谓有意思的日子

一

一个周六，天气阴沉，似乎没有什么特别的地方。

不远处有车来车往的声音，那些大货车会通过声音传递来它的分量，低沉而有气势，仿佛一个黑铁大汉稳稳地走过。

地铁工地传来叮叮当当的声音，应该是地面上的工人在做一些辅助性的工作，而真正的大动作是在地下，默默地往前推进。

小区是安静的，那些装修人家里的工人要么做着一些无噪音的活，要么干脆停工歇着，偶尔传过来的一声刺耳的声响应该是一些工序不可避免的。文明施工，相互理解，是一个人应该具备的素质，过于绝对既没有什么意思，也缺乏应有的温度。

说到底还是人与人之间的关系问题：太绝对，必然容易以偏概全；太自我，必然容易忽视别人的感受；太心机，必然会令人反感，造成伤害；太张狂，必然会导致反感，引发众怒。类似这样偏执的例子还有很多，大多数时候人们都可以一笑了之，但一定会有笑不起来的时候，于是便会郁闷乃至愤怒。其实回过头想想并没有什么，只是一时堵住了，化解不开。

人生在世是不是一直要看开一切、原谅一切？这个命题似乎没有什么意思,因为它既不可能,也没有必要。你的心胸、学养决定了你只能做到哪一步,超过了便没有办法实现。谁也不是天生的超人、智者,谁都会做出一些显得有些过分的事情,尽可能地约束自己、宽容别人便是一种修养和境界。

由于每个人的标准不一样,很多时候我们都在做着别人想做但不敢或者不愿意做的事情,这里没有绝对的对错之分。但这并不意味着没有一个是非和标准,事实上,红线是一直存在的,只是有些人会止步,有些人会置若罔闻、无所顾忌。

这也是没有办法的事,既然人与人不同,那么他们做出不一样的事也是很正常的。

不说这些空泛的东西,因为这些东西除了让我们的思绪清晰一些、内心平衡一些,基本上没有什么大的作用。

还是回到生活中来,一天又一天,转眼又到年底了,心里充满的是那种空虚和懊悔。这种感觉类似小的时候假期就要结束了而作业没有做完,心里面七上八下的。

说来好笑,这样的感觉似乎年年都有,再来一次估计也好不到哪里去。就是这样一个人,就是这样一个环境,很多东西只能如此,再加上自己能够把握和使劲的地方没有抓住做好,那一定是只能如此了。

当然,如果能够找到一种模式,时不时将自己纳入其中,或许是一个办法。当然这种模式一定有些机械、教条,甚至还会有些形式主义,但如果行之有效,那又有什么要紧？毕竟结果才是最为重要的。

时常想到"辜负"这个词,不能辜负已经拥有的大小环境,不能辜负血脉的遗传和先前的努力,不能辜负很多人的关注和期待,尤其是不能辜负自己那颗不安分的心和始终存在的使命感。我时常提醒自己：对于这个世界来说,你或许无足轻重,但对于有些人来说,你很重要。

作为一个男人,一定要明白这一点。

二

午间居然云开雾散有了阳光,气温一下子上来了,一切仿佛都有了精神。午餐,午休,然后再吃一些水果,坐在书桌前打开电脑,暖暖的阳光透过玻璃门照进来,很舒服的感觉。

这样的天气适合出去走走,爬山也是很好的(上周日的下午就是邀了几个人一起去爬山的),当然坐在这里敲一些文字也是很不错的,只要做些什么,就感觉没有浪费时间。

其实天气好与不好充其量只是一个外因,它可能稍稍有一些影响心情,但不会起到很绝对的作用,所以拿天气说事往往都是寻找借口。

生活中我们为自己寻找借口的事多了去了,究其根源,无非是做不到,不敢做,不想做,有时候是底气不足,有时候是顾忌太多,更多的时候是一种懒惰,好逸恶劳。

"对自己狠一点"是一句很绝对的话,不过还是很有些道理的,按照别人的要求去做事是一种被动的行为,心里难免憋屈。自己愿意的则不同,在有一种成就感的同时提升自信,而自信对于一个人来说,实在是太重要了。

在别人看好你、推崇你的时候,你要抓住这样的机会,哪怕是辛苦一些、委屈一点也在所不辞,因为不是总能有这样的时候和这样的一些人,也不是总能够有这样你能够胜任的事情。

在别人看轻或排挤你的时候,你要明白自己的价值,并且想办法让它在其他地方展现出来。在某种意义上,能够从一些没有什么价值的事务中全身退出,是一件颇值得庆幸的事。

一个人最终会活成什么样子,还真是不太好说,因为会受到许多因素的影响,但有一点是重要的,那就是个人的意志力和能力,其中意志力要更为重要一些。

一个人活到一定的时候,会发现一辈子做不了多少事情,类似这样的话不少人都说过,显然很有道理。盯着一两件自己愿意做、感觉自己能够做好的事情,尽心尽力去做,没准会有所成就。如果畏难,放弃了,谁也不会为你可惜,因为说到底,你的生命是你自己的,其他任何人都不能真正左右它。

当太阳渐渐低下去的时候,黄昏就要到了,一天正渐渐走向它的尾声,让人们不免感叹一天过去太容易了。一个人年过半百的时候是不是也有类似的感受呢?我想应该会有的,没办法,触景生情在所难免。

面对越来越少的时光,人难免惶恐,也会觉得无趣,而这正是人生新的命题:为人生注入内容、注入色彩,让它安静下来、生动起来,自然也就会有意思起来。

一个走向老年的人如果在想象自己的暮年,以及它与今天之间这段路程的时候,感觉自己还有很多事要做,还有很多事情可以做,那么他一定会有一种紧迫感和使命感,因为他知道只有做了这一切,自己才会感觉到充实,自己的生命才会有点意思,而有意思的日子才会有温度和色彩,才会让自己安静下来。

这,或许是一个办法。

2017.12

漫谈："人格透支"及其他

前几天在朋友圈里看到一个词"人格透支"，觉得挺有创意的，当下可不是有很多人都在做着有损人格、信誉的事而不自知甚至怡然自得吗？后来仔细想了一下，觉得"人格透支"这个词有些问题，人格是不能消费的，又如何谈得上透支？

就比如一个人的脸是碰不得的，如果今天污了一块，明天多了几道伤痕，那么很快就会变得不堪入目。当然有的东西是别人弄上去的，这样的东西在时间的冲刷下会渐渐地退去直至消失，但有些东西是自己弄上去的，属于原生的，很难去除。就好比脸上蹭了些灰与脸上长出一些斑块，不是一个概念。

小的时候经常会听到"不要脸"这个词，自己也时常把它挂在嘴边，现在看来，那些所谓的"不要脸"真的算不得什么，男女私情、举止轻浮、多吃多占、好逸恶劳等，与人格上的"不要脸"相比，简直不值一提。

常听老人们说，人活一张脸。如果你顾及这张脸，你就不会去做一些事情；如果你不在乎这张脸，甚至把它撕去了，那么你就会变得无所顾忌，为所欲为。看似解脱了，实际上是堕入一个污秽不堪的泥沼。你会感觉自己可以无底线地去说话和做事，可以肆无忌惮地侵占和攫取，可以不动声色地掩饰和撒谎，可以轻描淡写地说一些冠冕堂皇的话，同时将一盆盆污水泼向别人，将一些恶名栽在别人的头上，让别人的情绪变得灰暗、身心饱受戕害。而所有这些行为，说穿了，脱不了"假冒伪劣,坑蒙拐骗"这八个字,而所谓的人格和脸面,也就在这个过程中渐渐消减乃至消失。

有句老话叫作"善有善报,恶有恶报,不是不报,时候未到",但我总感觉人们似乎也就是随口一说,没几个人把它当真。"时候"未到?"时候"啥时到?没个准点也就不抱什么希望。现在不同了,现世现报,灵光得很。在这样一个大气候下,坚守人格、顾及自己脸面的人也许还是会吃一些亏、受一些气,但心里是敞亮的,情绪是开朗的,因为他们知道那些人不过是猖獗一时,他们相信那张正义的网迟早会将那些人收进去的,太多的事例让他们有这个信心,他们甚至有些幸灾乐祸地"享受"那些人惶惶不可终日的模样。

当然他们偶尔也会动一些恻隐之心(没办法,心地善良的人往往都是"农夫"),感觉那些人其实也还是有些能力的,如果走正道,没准也是人才,也能做出一番事业。当然,他们只是在心里这么想想而已,他们知道如果说出来肯定又会招致一阵嘲讽和数落,或者被很干脆地呛上一句:"谁让他们那么不顾脸呢!"

哈!"不顾脸",又一句合肥方言(其他地方或许也会这么说),没承想在这儿等着呢。

2017.8

散章：不完美的茶花……

不完美的茶花

我认得的花不多，比如茶花我就很陌生，前几天在城西看到一丛丛稀稀疏疏开着的花，正疑惑着，旁边人说这茶花显然是没人管了，也过了花期了，于是我知道它是茶花。

手头有一张那天拍的照片，我相信大多数人第一眼看到的是它的形态和色彩，然后才会发现它并不完美，它和旁边的叶子都有很明显的瑕疵，心里难免有些惋惜。当然肯定有人第一眼看到的就是它的明显的瑕疵，然后就不愿意再看下去了。前一种人性格应该是比较宽容随意的，后一种人则要认真严格许多。这两种性格孰是孰非还真不好说，关键要看是什么时候在什么地方，用对了地方，都是优点，用错了地方，都成问题。

类似这样的性格反差还有很多，比如不顾一切和量力而行、积极进取和随遇而安、能言善辩和沉默内敛等，每一种行为其实都是和个人自身的性格、修养有关，对局势的误判也会导致思维和行动的偏差。

人生在世，最重要的是守得住自己的心，说出来没用的话就尽量不要说，做出来没有意义的事就尽量不要去做,有些事情可以交给时间,有些事情可以一笑了之,守住自己的底线,做自己应该做的事,就很好。

"安全感"的联想

大雾那天,早晨起来去卫生间,发现根本不需要把卷帘拉下来,因为我完全看不见后面的楼,可以想象后面楼的人也不可能看到我,在隐私上绝对是安全的。但这种"安全感"却让我感觉到一种不安,因为这是我不太适应的一种状态,除去对空气质量的强烈担忧之外,还让我生发出一些联想。

我们对周围和自己的判断应该都是源于我们真实的感受,但作为判断主体的我们会不会因为自身而产生一种错误,就好比不是窗外起了大雾,而是我们的眼睛出了问题,或者我们的眼睛很好但参照物出了问题。我就曾经在第一次看到哈哈镜的时候对自己的眼睛产生严重的忧虑。

还有一种情况更可怕,那就是周围的人出于各种目的说谎,让当事人产生误判,做出类似于"皇帝的新装"那样尴尬的事情。比如领导者周边的人提供给他们的关于环境治理和经济形势的信息,就会直接影响到我们的国家和老百姓的切身利益,又比如溢美之词会让不够理性的人膨胀漂浮,以至于目空一切、忘乎所以。

我们都是极平凡的人,而平凡的人就会犯一些很低级的错误,当我们太在意别人对我们的评价的时候,没准就是我们缺乏底气、不够自信的表现。而我们对于别人的评价又往往会有太多的应付和敷衍的成分,这真是一件很糟糕的事情。

想到这儿,我突然感觉自己有些心慌意乱,紧走几步,把卷帘拉了下来。

不走运的苹果

妻子从超市回来,拎着一袋苹果,我有些奇怪,昨天才买了一袋,今天怎么又买？妻子笑,把苹果拿到我跟前说:你看这上面有什么？我瞥了一眼便明白了:这些可不便宜,买它们做什么？妻子说:前几天还一个一个装在盒子里另放着,今天都散放在一起了,便挑了一些好看好玩的。

晚餐后我把它们拿了出来稍稍"研究"了一番,便发现它们受到这种"待遇"的两个原因:一是它们表面的文字和图案过了时间点,比如圣诞节;二是不够周正不够鲜亮、无人问津的。于是,这些卖不出去的"奢侈品"最终又回归它们的本质——一个可以吃的苹果。

再看一看妻子昨天买的苹果,个个饱满上眼,好似青春靓丽的姑娘,相比之下,那些失宠的苹果仿佛一些年老色衰的弃妇,让人不免生发出一些感叹。

其实它们原本是一样的东西,甚至生长在同一片土地上,但是在不同的主人的调理下,一部分经过持续的技术干预,表面形成一些文字和画面,在渐渐长大后被小心翼翼地摘下来,仔细包装、单个装盒,然后标上高价在商场、超市的醒目位置重点陈列,被感兴趣者买回去,送给情人、亲人和朋友。而那些作为水果的苹果,则在成熟之后直接被送到水果摊上,被需要的人买回家洗干净吃了。

最终混迹于那些普通苹果中的失宠者,在接受顾客的挑选时,还是很尴尬的,因为它们要么就没有一个好苹果的外形,要么就失去了其应有的水分和味道。

真是一个悲剧,而这悲剧本不应该出现在这些苹果身上——没有美丽的青春期,也没有热烈的成熟期,有的只是一个不着调的轨迹,仿佛一个很不走运的人。

2017.1

闲聊：缸、绿萝与吃蟹

既然是闲聊，一定是没有什么章法和体系的。茶余饭后，闲暇时光，两三个或者更多的人在一起，一个人信口说着，其他人随意听着，大家都不是很上心，更不会往心里去，谈不上有什么压力和负担。想来也是，闲聊原本就是打发时间，不能太正式，想到哪就说到哪，不想说就不说了。

我这儿要说的就是这样不相干的三件事，也没有什么主题和高度，顶多算作有感而发。

缸

这几天对缸有些兴趣，甚至想买一个放在家里装水或者养花。

其实我对缸是不陌生的，小时候家里有一个很大的水缸，能装三担多的自来水。那时候自来水还属于"奢侈品"，只用于烧水煮饭，因此买回来的水都会被仔细保管好，所以缸是会用东西盖上的。我们家用的是一个木质的大铁锅盖，稍微小了一点，因而时常会翻过来。

家里还有一个缸，淡黄的釉色，只有水缸一半高，完全敞口，主要用于腌制咸肉、咸鱼什么的，腌制腊菜、雪里蕻时，也要在缸里或者大盆里盘好了再装进坛子里。过年炸圆子时,它又会被用来把糯米饭和葱、姜、蒜等调味品掺和到一起。

后来搬家的时候,大水缸因为太大,留给了人家,小一点的缸则带到了新家。1976年地震的时候,因为害怕震后水不能喝,父亲带着我们兄弟把一个小水缸埋在院子里,缸口仅高出地面一点。为了安全起见,用草绳将露出地面的部分圈起来,糊上石灰,外边再插上一圈白杨树的枝干。第二年春天,那些枝干居然都长出嫩绿的树叶,让我感觉很是神奇和惊喜。

20世纪六七十年代,无论是酒还是酱油、醋,大多是装在大缸里散卖的。那一口口缸可真是够大的,它们无一例外都是鼓肚收口。现在按照"敞口为缸,收口为瓮"这样的说法,尽管它们被叫作"缸",实际上应该是"瓮",只是很多时候,人们是"缸""瓮"不分的。

忽然想起马未都质疑司马光砸缸的真实性的事,马未都之所以认为司马光砸缸是假的,是因为迄今尚未发现过宋代直径一米的大水缸。这真是让人感觉马未都先生迂腐得有些可笑,且不说有壁画可以证明宋代有足以淹死孩子的水缸,即便是没有实物也并不能怀疑古人的这点能力。我倒是觉得应该换一个思路,恰恰是"司马光砸缸"这件事,为我们确定宋代有很大的水缸提供了佐证。

很多时候,我们会陷在自己挖的坑里。

绿 萝

两盆绿萝,经过一年的肆意生长,加之主人要么是漠不关心,要么就是简单地把它们一圈又一圈地绕在一起,已然长成一盆杂乱不堪的怪物。

天冷了,它们被从阳台搬回家里,强迫症患者忍了一天,又忍了一天,决定下手。耐心地一根一根七绕八弯地解开它们,发现如此多缠绕在一起的一大堆,其实不过是几根而已,不过它们的长度煞是可观,从几米到十几米,最长的一根居然超过十六米!真是有些不可思议。

傍晚整理第一盆时犹豫了一下，决定断舍离，剪去所有超过中心柱的枝条，一时间，地面上布满被舍弃的青枝绿叶。

各种处置之后，回头再看那盆绿萝，果然变得清爽雅致，不过其生命力也似乎弱了许多。

晚餐后，又盯上了第二盆绿萝。开始还是耐心地一根一根七绕八弯地解开它们，随后，停下来想了一下，决定变换一个思路，保留所有枝条，然后把它们由下到上攀到中心柱顶，再由上到下抵达盆土（方便它们再扎根），如此循环往复。结束后，扎上三道红绳，抬眼看去，居然有一种吉庆的感觉。而那些错落有致的枝条，也让强迫症患者很满意。

同样一件事，不同的人去处置，同一个人不同时候或者不同的心情和思路去处置，其结果自然不尽相同甚至截然不同。对于绿萝而言，那就是命运，那些枝叶的去与留，乃至生与死，全在主宰它们的那个人的一念之间。

吃　蟹

小时候，并没有感觉吃蟹是一件多么不得了的事情。那时候的螃蟹也没有这么大，基本上没有什么包装，就这么张牙舞爪地弄回家，放下来就会到处跑也是常有的事。

不过小时候也没有吃过几次螃蟹，估计是没有人专门去养，也没有人专门去卖，吃到的自然也就是野生的。而且在农村或许吃到的机会要多一些。

第一次吃蟹是在家里，父亲不知从哪里弄来几只蟹，洗好下锅蒸，又把姜切成很小的颗粒，然后倒上醋，感觉比平时要讲究得多。

当然还会有酒，因为父亲说螃蟹寒性大，吃的时候一定要喝点酒。现在想来，我第一次很正式地喝那么一点点酒或许就是第一次吃蟹的时候。

我总是说自己在家从来不会独自喝酒的，现在看来是不准确的，因为每次吃蟹时我总会倒上一小杯酒,慢慢地喝下去。与其说是一种需要,不如说是一种习惯。

说独自喝酒也不准确,因为妻子和儿子有时也会耐不住我热情相邀,或者出于对我郑重其事的好奇,稍稍地抿上一口,不过往往只是一小口。

现在吃蟹仿佛成为一种虚荣,甚至代表一种品位和档次。宴席上有了螃蟹,似乎主人和客人的面子都会大上许多。至于螃蟹品质如何,蘸料怎样,没有几个人讲究。

这样看还是南方人尤其是上海人最会吃蟹,不但能吃出滋味,而且能吃出许多花样来。因为仔细,所以不会糟践一点一丝;因为认真,所以就有了许多讲究。

所以吃蟹也是一种文化。怎么养怎么创出品牌是一种文化,怎么送人怎么请人吃是一种文化,怎么烹制怎么品味自然也是一种文化,只是这些文化与螃蟹本身有多少关系,那就不好说了。

2018.4—2018.12

读书认字

有关鲁迅的一些断想

毋庸讳言,我知道鲁迅先生并阅读他的作品是从"文革"开始的,尽管当时推崇的作家不止鲁迅先生一个人,但真正能够吸引我且让我着迷的并不多,鲁迅先生是那个年代仅存的"绿洲"。因此大家可以大大方方地阅读鲁迅作品,这无疑是一件意义重大的事情,因为鲁迅这块"绿洲"是处于一片无边无际的"沙漠"之中的。因此我感觉任何脱离时代背景的议论和评判都是不准确,甚至是可笑的。

关于鲁迅作品被有目的地选择、删节和曲解,其实也是在所难免的。实际上但凡著名的作家都难免遭遇这样的命运,这是人性决定的问题,一切为我所用,一切都是工具。当然不能否认有理解角度的问题,不同的人对一部作品的理解可能各不相同甚至千奇百怪,都是正常的。小的时候看到的鲁迅作品大多是面目不全的,所幸这样的局面很快得到了改变。现在的年轻人也许不能理解能够读到足本的作品也是一种幸事。

人民文学出版社1986年出版的《鲁迅全集》贡献无疑是巨大的,作品的收集、版本的权威性乃至版式,都是一流的。但是很多人可能会忽视它的学术价值,无论是每篇作品的注释,还是第十六卷附录里的《鲁迅著译年表》和《全集注释索引》,都有着很高的学术价值和史料价值。有一段时间,我对索引产生了浓厚的兴趣,因为在那里面会有很多的历史掌故、文史资料和名人简介,而这些内容在当时还是难得一见的。当然现在再看,其中有些文字是有问题的,但它的历史价值却因此凸显,读起来自然又是一番感慨。

读鲁迅作品的人可能会将更多的关注点集中在《呐喊》《彷徨》《朝花夕拾》《故事新编》等二十几部鲁迅先生生前编辑出版的作品集上,对于《鲁迅全集》里《集外集拾遗》《集外集拾遗续编》等先生逝世后编辑的新集子可能关注得不多。实际上,这些集子里的一些文字不但有趣,而且生动,展现出鲁迅先生的另一面。那些被一时忘却和忽略了的大小文章,如今读起来也是别有意味,还有那些有关书刊的广告介绍什么的,也是如此。

因为独特的历史原因,有关鲁迅研究的图书很多,各种观点、各种角度的都有,内容显然也是参差不齐的,但其中有价值有意思的也不在少数,有时候读一读这样的书,不但能读出政治和历史,也能够读出学养和个性,当然也能读出平庸、荒谬和心机。傍着鲁迅、吃鲁迅饭曾经是条捷径,一些人开口不说鲁迅、不与鲁迅拉上一点关系似乎就是落后和没面子,这与现在一些人感觉不谩骂、挤对鲁迅几句似乎显得不够前卫、时尚的人一样,都是投机的小人。

我们现在再读鲁迅,首先自己应该调整好心态。一位有思想的作家,一位有个性的男人,在那样一个时代,在那样一个环境,写出这样的文字,我们既不要在心里预设一些判断(崇拜或者抵触),也无须太过功利(期望值过高)。当然,收获一定会有的,而且大多是意料之外的。如果说读一部好作品可以收获一些美好、感动和思想的话,那么读鲁迅先生的书,还会收获到一份冷静和骨气,这无疑是很重要的事情,因为无论什么时候,做人还是最重要的。

2017.2

那一份深沉而复杂的温情
——读鲁迅写给母亲的信

  鲁迅先生一生与母亲可谓聚少离多,自早年离家外出求学,二十余年间,鲁迅基本上是在外面漂着的,直到1919年他买下八道湾的宅子,将母亲接到北京,一家人才得以团聚。1926年8月,鲁迅南下厦门、广州任教,第二年10月到上海,与许广平组建新的家庭。而其母亲则一直住在北京,母子之间的主要联系方式就是一个月一至两封的家书。

  我们目前可以读到的鲁迅写给母亲的信有五十封,最近在查找资料的时候,我把这些信集中读了一遍,很有些感慨——一种同为人子,处于相似年龄和心境的那份理解与默契。

  因为是写给母亲的家书,所以鲁迅花费笔墨最多的是儿子海婴,因为他知道母亲最惦念的一定是她的宝贝孙子。

  鲁迅会对母亲说海婴的活泼可爱:"海婴是更加长大了,下巴已出在桌面之上了,因为搬了房子,常常在明堂里游戏,或到田野间去,所以身体也比先前好些。能讲之话很多,虽然有时要撒野,但也能听大人的话。""海婴很好,脸已晒黑,身体亦较去年强健,且近来似较为听话,不甚无理取闹。""海婴则日渐长大,每日要讲故事,脾气已与去年不同,有时亦懂道理,容易教训了。""海婴渐大,懂得道理了,所以有些事情已经可以讲通,比先前好办,良心也还好,好客,不小气,只是有时要欺辱人,尤其是他自己的母亲,对男(鲁迅自称)则较为客气。"

也会对母亲说海婴的调皮淘气:"(海婴)现在胃口很好,人亦活泼,而更加顽皮,因无别个孩子同玩,所以只在大人身边吵嚷,令男不能安静。""海婴仍不读书,专在家里捣乱,拆破玩具。""惟海婴日渐长大,自有主意,常出门外与一切人捣乱,不问大小,都去冲突,管束颇觉吃力耳。""他什么事情都想模仿我,用我来做比,只是衣服不肯学我的随便,爱漂亮,要穿洋服了。"

当然,鲁迅明白"报喜"之余一定是要"报忧"的,否则老母亲会不太相信和放心的,彼此之间的话题也会少了很多。可见鲁迅先生对于老人的心理还是很有些了解的。

比如鲁迅会对母亲说海婴出疹子了:"惟海婴于十日前患伤风发热,即经延医诊治,现已渐愈矣。"但随后的一封信里他会说:"海婴亦已复元,胃口很开了。"由于母亲还是不放心,于是他在第三封里做了更详细的报告:"海婴早已复元,医生在给他吃一种药丸,每日二粒,云是补剂,近日胃口极开,而终不见胖,大约如此年龄,终日顽皮,不肯安静,是未必能胖的了。"

事后汇报,也是鲁迅惯用的办法:"海婴仍在原地方读书,夏天头上生了几个小疮,现在好了,前天玻璃割破了手,鲜血淋漓,今天又好了。"

除此之外,鲁迅还会不时寄一张海婴的照片给母亲,有时还将海婴口述、许广平笔录的"信"一并寄给母亲:"前天给他照了一张相,大约八月初头可晒好,那时当寄上。他又要写信给母亲,令广平照钞,今亦附上,内有几句上海话,已在旁边注明。"海婴识字之后,他则会将海婴写的信寄给母亲:"(海婴)已认得一百多个字,就想写信,附上一笺,其中有几个歪歪斜斜的字,就是他写的。"

在阅读鲁迅给母亲的信的过程中,发现有一个现象很有意思:相比于每信必写海婴,鲁迅在给母亲的信里对许广平不但以"害马"称之,而且基本上是一笔带过。

长一点的是"害马虽忙,但平安如常,可释远虑""害马亦好,可请勿念",通常基本上是"害马安好""害马亦好""害马亦安好""害马亦还好"。

也夸过许广平:"害马则自从到上海以来,未曾生过病,可谓能干也。"不过当能干的许广平生病的时候,鲁迅也会向母亲通报的,不过也是在许广平病好之后:"害马上月生胃病,看了一回医生,吃四天药,好了。"

说到自己,鲁迅也是很注意语气和时机的,家里需要他出头露面的事不但及时处理,而且随时汇报,好让母亲放心。时间、精力允许的时候也会聊一些家长里短的闲话,生病的时候会说到他的忙碌和辛苦,小病随时会提及,但大一点的毛病则在痊愈或者好转之后再说。

1934年11月之前,鲁迅基本上是胃痛和感冒一类的病,对于母亲的关切,鲁迅大多以实相告,有时还会有些探讨:"男亦安,惟近日胃中略痛,此系老病,服药数天即愈,乞勿远念为要。""男胃病先前虽不常发,但偶尔作痛的时候,一年中也或有的,不过这回时日较长,经服药约一礼拜后,已渐痊愈,医言只要再服三日,便可停药矣。请勿念为要。""男胃疼现已医好,但还在服药,医生言因吸烟太多之故,现拟逐渐少,至每日只吸十支,不知能否做得到耳。""男亦如常,惟生了许多痱子,搽痱子药亦无大效,盖旋好旋生,非秋凉无法可想也。""男因在风中熟睡,生了两天小伤风,现已痊愈。"

但是到了11月,鲁迅病了,持续发烧、无力,"躺了七八天",这时候鲁迅对母亲基本上是避重就轻、含糊其词。说到是什么病的时候,是"医生也看不出什么毛病……和在北京与章士钊闹的时候的病是一样的"。说到病因,则"大约是疲劳之故",同时还编出一个似乎很有道理的理由:"卖文为活,和别的职业不同,工作的时间总不能每天一定,闲起来整天玩,一忙就夜里也不能多睡觉,而且就是不写的时候,也不免在思想,很容易疲劳的。"当然重点一定是"现在好起来了""现在已经好起来了,胃口渐开,精神也恢复了不少,服药亦停止,可请勿念"。

一般情况下,鲁迅和母亲的通信都是你一封我一封交替着来的,偶尔也有一方连续两封信后一并回复的,但 1934 年 3 月 15 日写给母亲的信却显得有些特别,首先鲁迅表达自己在"久未得来示"的情况下的一份挂念,紧接着鲁迅写道:"近闻天津报上,有登男生脑炎症者,全系谣言,请勿念为要。"担心母亲误信自己患脑炎的谣传进而焦虑,于是赶紧写信给母亲,请母亲不要担心。紧接着鲁迅写道:"害马亦好,惟海婴于十日前患伤风发热,即经延医诊治,现已渐愈矣。"依然是汇报海婴的情况,不过这次海婴的情况有些不好:是病了,但已在恢复中。可想而知,老太太的注意力会一下子转移到孙子的身上,对于有关鲁迅生病谣言的疑惑自然要减少许多。传言中儿子生的是大病,而孙子不过是"伤风发热",且已经"渐愈矣",行文之间,可见鲁迅先生的良苦用心:害怕母亲担心而说明情况,同时说出一些"真实情况"以增加可信度,最终目的是让老母亲放心。

什么是孝子?这就是孝子,时时刻刻考虑母亲的感受,用心尽意,唯恐老人家受到惊吓。

对于母亲的身体,鲁迅则是倍加关切,细致入微:"大人的胃病,近来不知如何,万乞千万小心调养为要。""大人胃病初愈,尚无力气,尚希加意静养为要。""大人牙已拔去,又并不痛,甚好,其实时时要痛,原不如拔去为佳,惟此后食物,务乞多吃柔软之物,以免胃不消化为要。"

有一段时间,老太太迷上了张恨水的小说,尽管鲁迅"自己未曾看过,不知内容如何也",但还是二话不说,一部一部地买好给母亲寄过去:"三日前曾买《金粉世家》一部十二本,又《美人恩》一部三本,皆张恨水所作,分两包,由上海书局寄上,想已到"(此封信没有提到海婴,只说了两件母亲交办的事,其中又以买书一事为主),"张恨水们的小说,已托人去买去了,大约不出一个礼拜之内当可由书局直接寄上"。

书买多了,母亲自然有些顾虑,担心儿子为此花太多的钱,鲁迅知道后,赶紧写信解释:"张恨水的小说,定价虽贵,但托熟人去买,可打对折,其实是不贵的。即如此次所寄五种,一看好像要二十元,实则连邮费不过十元而已。"读到这儿的时候,我有些忍俊不禁，事实到底是怎样的我们姑且不去管它，但这样的解释我们似乎都有过，打折，便宜，花不了多少钱，但凡不愿意让父母心疼钱的孩子，基本上都是这个套路。

在1935年的家书里，很少看到鲁迅说自己身体的文字，即便是有，也是轻描淡写："男身体尚好，但因琐事不少，故不免稍忙。时亦觉得无力耳。"其实，通过一个"觉得无力"可以看出鲁迅的病并没有好彻底，至于是什么病，更是从不提及。

到了1936年，鲁迅的身体急转直下，2月底"因出外受寒，突患气喘，至于不能支持，幸医生已到，急注射一针，始渐平复，后卧床三日，始能起身"。3月20日他在给母亲写信的时候说自己"现已可称复元，但稍无力，可请勿念"。从一个"可称复元"可以看得出鲁迅说话是留有余地的，因为对于自己身体的未来，他还是很心有余悸的。为此他对母亲说："至于气喘之病，一向未有，此是第一次，将来是否不至于复发，现在尚不可知也，大约小心寒暖，则可以无虑耳。"

4月1日鲁迅在给母亲的信中似乎是松了一口气，因为他感觉自己"总算已经复元"，由于他对于自己的病能否不再复发没有很大的把握，所以变得十分小心："现已做了丝绵袍一件，且每日喝一种茶，是广东出品，云可医咳，似颇有效，近来咳嗽确是很少了。"

但是，5月7日还在信里说"男早已复元，不过仍是忙"的鲁迅，16日起"突然发热，加以气喘，从此日见沉重，至月底，颇近危险，幸一二日后，即见转机，而发热终不退。到七月初，乃用透物电光照视肺部，始知男盖从少年时即有肺病，至少曾发病两次，又曾生重症肋膜炎一次"。到了这个时候，鲁迅才向母亲说了真话。在9月3日的家书里，鲁迅又对母亲详细地说了一遍："男所生的病，报上虽说是神经衰弱，其实不是，而是肺病，且已经生了二三十年，被八道湾赶出后的一回，和章士钊闹后的一回，躺倒过的，就都是这病，但当时年富力强，不久医好了。男自己也不喜欢多讲，令人担心，所以很少人知道。初到上海后，也发过一回，今年是第四回。"瞒着母亲，不喜欢多讲，是怕母亲担心。但是母亲不可能不担心，特别是在她知道了

真相之后,这一点鲁迅是很清楚的,于是他继续在家书里向母亲报着一些比较好的消息:

"近日病状,几乎退尽,胃口早已复元,脸色亦早恢复,惟每日仍发微热,但不高,则凡生肺病的人,无不如此,医生每日来注射,据云数日后即可不发,而且再过两星期,也可以停止吃药了。所以病已向愈,万请勿念为要。"(1936.7.6)

"男比先前已好得多,但有时总还有微热,一时离不开医生,所以虽想转地疗养一两个月,现在也还不能去,到下月初,也许可以走了。"(1936.8.25)

即便是到了自己的病严重到吐血的地步,他依然是轻描淡写:"男确是吐了几十口血,但不过是痰中带血,不到一日,就由医生用药止住了。"吐血变成了"痰中带血",而且"不到一日,就由医生用药止住了",这样的话,足以让母亲稍稍安心一点。

况且他又说:"大约因为年纪大了之故罢,一直医了三个月,还没有能够停药,也因此未能离开医生,所以今年也不能到别处休养了。""年纪大了""休养"这样的词所传递的,还是一种放松。

同时,他还似乎很肯定地对母亲说:"肺病是不会断根的病,痊愈是不能的,但四十以上人,却无性命危险,况且一发即医,不要紧,请放心为要。"在读这封信的时候,我感觉到一种彻骨的痛。鲁迅是学过医的,尽管他很坚强、勇敢、乐观,但自己的病到了怎样的境地,他不会不清楚。但是他不愿意对母亲说出实情,原因自然是不愿意母亲太为他担心,毕竟母亲已经年近八旬,在他看来,能瞒一天就瞒一天,更何况他从来就未曾放弃生的希望。

鲁迅先生逝世于1936年10月19日,但在9月22日的家书里,他还很乐观地对母亲说:"男近日情形,比先前又好一点,脸上的样子,已经恢复了病前的状态了,但有时还要发低热,所以仍在注射。大约再过一星期,就停下来看一看。"可以想象,老太太接到这封信时心情应该是宽慰不少,而当二十多天后儿子去世的消息传来的时候,她所遭受到的打击又是何其之大。

弥留之际的鲁迅一定想到了他的母亲,想到自己的离开将会给老人家带来的痛苦,他一定会很不安、很难受。因为他是善良而孝顺的,而具备这样品质的人,往往会承受比别人多得多的痛苦。

自己的婚姻和大家庭的种种矛盾和变故,造成鲁迅与母亲之间的心理和距离上的诸多隔离,是一种很无奈的现实,但对母亲,鲁迅始终是恭敬孝顺的,在一封封书信中,在一个个生活细节里,我们可以真切地感受到。因为那里面有一份温情,一份深沉而复杂的温情。

《呐喊》版本收集

我对鲁迅先生的作品一直是喜欢的,但早些年读到的大多是一些被肢解和曲解的鲁迅作品,这样的局面一直到 20 世纪 70 年代才得以改观。当时出版了一套白色调暗条纹的鲁迅作品单行本,一共有二十七本,其特点是素淡简洁,只收原文,没有注释,比那些乱七八糟的注释本看上去要清爽得多。尤其让我感到意外和惊喜的是,每本书的扉页居然还印有此书的初版书影,这样的做法在当时是极为罕见的。

我收集的第一本《呐喊》就是这个版本,只不过那时它仅仅是我不多的藏书中的一种,我不知道它出版时的中国出版状况,更不知道它拥有从北京到各省会城市人民出版社几十个版本,也就是同一个版型,各省区分别印刷,其发行总量自然是一个天文数字。

1981 年人民文学出版社出版十六卷的《鲁迅全集》之前,于 1979 年出版了一套新的单行本,大 32 开,我在已经拥有了全集的情况下,又购买了《呐喊》的单行本。这足以说明我对《呐喊》情有独钟。

迄今为止,人民文学出版社的鲁迅作品单行本使用的一直是 1979 年的版本,可见这一版本是成熟甚至定型的。同时人民文学出版社也是出版鲁迅作品单行本系列次数最多的出版社,而且每一种版本都有其比较独特的风格。《呐喊》的单行本自然也是最多的，因此，如果真的要研究《呐喊》版本，人民文学出版社的版本无疑将会是其中很重要的一个部分。

1986年鲁迅先生逝世五十周年后，版本放开，鲁迅先生的作品逐渐呈现出多元化趋势，《呐喊》的版本也渐渐丰富起来。其中有一些版本，制作精良，很有特色。当时在业界颇有影响力的漓江出版社1999年出版了一本图文版的《呐喊》，插图作者是著名画家裘沙、王伟君夫妇。两位画家自1972年开始沉迷于用绘画理解和演绎鲁迅的作品和思想，画风独特，精品迭出，这本书收录的二十八幅作品里，就有着不同的表现手法和风格。在之后的《呐喊》版本里，也时常可以看到他们的作品。

2001年新课标颁布之后，鲁迅先生的作品《呐喊》和《朝花夕拾》被编入各出版社的新课标丛书内，且不断改版翻印，《呐喊》版本一时间有数十种之多。与此同时还有数量颇多的两本书合印本，不过这样的版本我一般是不收集的。

与此同时，《呐喊》被收入各种系列丛书中，包括各具特色的鲁迅作品单行本系列丛书。各种形式和风格的插图本、彩印本，冠以《呐喊》之名的鲁迅小说全本、选本也是层出不穷。南方一家出版社2004年出版的"配图珍藏本"《呐喊》，24开全彩印，收录相关人物和物件图片两百余幅，并有各种侧注，用心、精致。特别令人意外的是，它在主封面之外，还有一个鲁迅侧影异形封，可谓绝无仅有。

丰子恺先生曾为鲁迅先生的小说创作了大量漫画插图，简洁生动。2013年广西师大出版社引自港版的《呐喊》收录了丰子恺先生的一百六十八幅插图，其数量为所有类似版本中最多的。这本精装版的《呐喊》还在衬纸页贴有以丰先生作品为图案的藏书票一枚，可见出版者是多么用心尽意。

鲁迅先生作品被大量翻译成各种文字，各种选本不断问世，英汉、法汉、德汉等对照本，有全本，更多的是选本。这一类的版本（尤其是外版）收集起来有一定的难度。

我正式决定收集《呐喊》版本应该是2011年，当时的计划是，用十年的时间收集《呐喊》的一百种版本，并在此基础上完成一个更高的目标。

目标确定之后，我立即开始行动，把各实体店和网店全部过一遍后，几十本《呐喊》版本收了进来,然后就是过一段时间关注一下《呐喊》的出版情况,逛书店因此也有了一个新的目标。

一次和家人去一个大型超市,居然也发现了一本《呐喊》,小 64 开,双色印刷,它属于一个大系列图书,高定价低折扣,显然是图书公司所为,查看之后,果不其然。不过这样比较特别的开本还是很值得收藏的。后来这套书又换了一家出版社出版,我依然毫不犹豫掏钱买下。不过 64 开并不是我收集的《呐喊》版本中最小的,一本 256 开的《呐喊》目前稳居最小开本的位置,估计一时半会儿不会被超越。火柴盒大小,居然也收录了《呐喊》十四篇里包括《狂人日记》《孔乙己》《药》《阿Q正传》在内的九篇,算得上一件奇事。

插图版《呐喊》不少,但绘画版的可谓凤毛麟角。一直关注《鲁迅小说全编绘图本》中的《呐喊》,希望能够把它收入我的收藏专架,但因为它是 2002 年出版的,很久未能如愿。某日在网上闲逛,无意中发现它的身影,居然还是特价,不免好一阵高兴,到手之后才发现,它分一、二两本,于是赶紧又把第二本买了回来,总算是了了一个心愿。

2016 年秋天,一百本目标提前完成,这显然出乎我的意料,也没有想象中的那份惊喜。因为我明白,自己眼前这颇为壮观的一百多本书大多为近期版本,且有个性和特色的版本不多,一些版本甚至有粗制滥造之嫌。而作为一种专题收藏,早期版本,准确地说,是 20 世纪 70 年代之前的版本显然是不可或缺的,尽管历史久远,版本珍贵,但绝对是应该积极追求的目标。与此同时,我力争收齐 1973 年之后的版本,同时将注意力辐射到外文和海外版本,而这同样很不容易。

《呐喊》的价值,不仅在于它是白话文小说的开山之作,而且还在它极高的文学价值和社会意义。我想,通过对《呐喊》版本的收集,我所能收获的,应该是我期望的一种集聚和升华。

2017.2—2017.6

"文字机器"张恨水

很长一段时间,张恨水是一个很让人不屑的作家,"鸳鸯蝴蝶派",《啼笑因缘》,像一个个很让人难堪的标签,将他打入另册。很多时候就是这样,你可能没有读过某位作家一部作品,却已经将他彻底否定和排斥了,因为大家都这么讲,于是你也就这么认为。所以说没有自己的头脑和思想真是一件很可怕的事情。

20世纪80年代,我买了一本人民文学出版社出版的张恨水的《写作生涯回忆》,同时购买的还有属于一个系列的冰心的《记事珠》。当时冰心的影响力自不待言,张恨水也已经开始渐渐火了起来,出版社争相翻印他的作品。

出乎我意料的是,两位先生的文学回忆录竟然一下子吸引住了我,不曾了解的历史、不同寻常的经历、清淡从容的文字,让我很是着迷。

这两天从书柜里找出另一个版本的《写作生涯回忆》,用一个上午的时光翻看一遍,感觉有一点印象依然是非常深刻的,那就是张恨水的勤奋和才华。

张恨水因为父亲早逝,十七岁辍学,四处谋生,遭受了不少磨难,也掌握了不少生存本领,其中最大的莫过于用手中一支笔换取一大家人的衣食住行所需的银子。

1919年,二十四岁的张恨水北上,准备一边打工一边去北京大学做旁听生。他先到《时事新报》驻京记者办事处谋了一个差事,因为工资只够伙食,于是他又到《益世报》做助理编辑。前一份工作时间是上午9点到12点、下午2点到6点,后一份工作时间是晚上10点到第二天早晨6点,加起来有十五个小时,睡眠显然只能见缝插针。如此一年之后,他两份工作的收入都有所增加,晚间工作时间有所缩短后,他又报名参加商务印书馆的英文补习学校。朋友们都笑他是牛马精神,可是张恨水想:"我若不这样干,形单影只的在北京,又怎么去安排我的时间呢?"很显然,张恨水是在利用一切时间去努力和打拼。

后来张恨水又给自己增加了一份工作(芜湖《工商日报》驻京记者),他已然成为一名"新闻工作的苦力"。但他感觉"我是个失学青年,我知道弟妹们若再失学,那是多大的痛苦"。因此他把在北京的几乎所有收入都寄回安徽,养活他那个大家庭。

三年后,当张恨水的生活有所好转,家里人也从乡村到了城市,弟弟妹妹们也都上了学校之后,他也曾想减少自己的工作,抽出时间去读书。但是一大家子在城市读书和生活的费用,逼迫着张恨水非但丝毫不能减少他的工作量,而且被迫完全放弃他的求学梦。与此同时,他开始写他的成名作《春明外史》。

《春明外史》一炮打响后,很多报社约张恨水写连载,张恨水渐渐从一个"新闻工作的苦力"变成了一个勤奋的作家。每天上午9点到下午6点多,是他的写作时间,晚餐后如果不出去看电影,他便继续写,一直写到夜里12点,上床后再看一两个小时的报刊后,才会休息。这样的节奏,没有一个坚定的信念和坚强的意志,是难以想象的。

1930年到1931年,张恨水的写作进入一种极致状态,尽管收入已经不是问题,但他驳不了朋友的面子,于是他给《世界日报》写《金粉世家》,给晚报写《斯人记》,给世界书局写《满江红》和《别有天地》,给沈阳《新民报》写《黄金时代》,同时他还要修订《金粉世家》,分给沈阳《东三省民报》转载。即便这样,他还是满足不了各报刊的约稿,整个人就像一部高速运转的写作机器。用张恨水母亲的话来说,那时候的张恨水简直就是一个"文字机器"。

这样"文字机器"一般的生活,在张恨水四十一岁的时候又一次出现。1936年,南京,张恨水在创办《南京人报》的同时,先后写过十来部长篇连载和一系列的长短稿件。

据统计,堪称"劳模"的张恨水一生创作了一百二十多部小说和大量散文、诗词、游记等,近四千万字。这个纪录在现代作家中自然首屈一指。张恨水因为作品的多产和畅销,被誉为"中国大仲马""民国第一写手"。我想,除去财富和人情这两个因素,在张恨水的心里,一定是有一股激情的,而这样的激情应该是源于一种对文字的执着和热爱。

在张恨水离开这个世界五十周年的时候,重温一番他的作品,回味一番他的传奇,正视多年来他所遭遇的歧视和误读,各种滋味,百转千回。

2017.2

人格的分裂和人性的堕落

——许春樵《放下武器》读后

读罢许春樵的长篇小说《放下武器》,心情颇不轻松,甚至可以说很糟糕。因为它不仅仅是一部充满玄机和刀光剑影的官场小说,更是一部直逼人性的深刻作品。它所揭示的是官场沉浮背后错综复杂的原因,是人格的分裂和人性的堕落所导致的一出出让人唏嘘不已的悲剧。

一直感觉《放下武器》篇幅有些长,尤其是上部,主人公郑天良憋屈坎坷的经历让读者也感觉到心里堵得厉害,有一种看不下去的感觉。但读到下部的时候,这种感觉会渐渐发生变化,阅读的速度明显加快。花天酒地,阿谀奉承,钩心斗角,权钱(色)交易,一幕接着一幕,一场接着一场,行云流水一般,直到将郑天良送上刑场,小说戛然而止。

读完小说,我忍不住用一种惯性思维在想谁是正面人物谁是反面人物,结果思来想去,愣是想不出一个所谓的好人来。如果扩大一些范围,那个原先的倒霉书生,后来的县纪委副书记吴成业算一个,但因为其形象过于单一、暗淡,分量太轻。照说上部中的郑天良应该是一个充满悲剧色彩的正面人物,踏实稳重,清廉正直,勤勉努力,任劳任怨。但当我看到下部里的郑天良似乎在一夜之间变得唯利是图、骄奢淫逸、阴险狡诈、心狠手辣的时候,我对自己之前的判断声生了怀疑。因为在我看来,一个本质正直善良的人,无论如何也不会变成这样一个十恶不赦的坏人,除非他本性里原本就是充满着恶,只不过一直被压抑和掩饰罢了。

作者在小说中也提出了这样一个问题:"郑天良究竟一开始就在表演,还是后来走向了堕落?这是我对这么一个巨大反差灵魂的一次追问和破译。我走进一个看不清谜面找不到谜底的谜语中。"

看一看郑天良的经历,我们或许可以整理出一些头绪来。如果他原本就是一个坏人,那么潘多拉盒子是什么时候打开的?如果他早期的确是一位好人的话,那么他是什么时候开始转变的?

一个用母亲的生命换来的男孩,一个靠着姐姐含辛茹苦、四处乞讨供养大的中学生,一个既给畜生看病也给人诊疗的兽医,如果没有那场因为无知而造成的十几个人中毒事件,既无家底又无背景的郑天良估计一辈子就是一个口碑很好的兽医。但是关键时刻他站了出来,以其果断和专业,救活了十个人的性命,也激活了自己的政治生命。

回乡知识青年的榜样,工农兵大学生,公社党委副书记,郑天良一路顺风顺水,二十九岁当上了公社党委书记。应该说,郑天良从一名兽医到踏上仕途纯属偶然,为此作者用了一个很形象的比喻:"他走上领导岗位类似于一个八十岁的寡妇不仅找到了婆家还生下了一个胖头小子,出人意料,更有点滑稽。"

一名好兽医成为一个官员之后,他的踏实果敢是没有问题的,工作上一步一个脚印,很快就做出了成绩。但是他没有意识到的,也是导致他的最终悲剧的,是他不明白"当官面对的是人,人是最伟大的,人同时又是世界上最难伺候的动物。当官似乎是运筹帷幄之间,决胜千里之外,不图一时之勇,不逞一时之能,以退为进,以进为退,真真假假,虚虚实实,或太极推手,或借刀杀人,或明修栈道暗度陈仓,或忍辱负重委曲求全。当官除了具有手艺人精湛的专业技术外,还得要有技术之外驾驭人的智慧和谋略"。

缺乏修炼的郑天良因此得罪了党委秘书黄以恒,这为他一生的悲剧埋下了伏笔。"有些话,能说不能做;有些话,能做不能说。这都是官场常识,不懂常识就要犯错误,就要栽跟头。"郑天良不但做了不能做的事,还说了不能说的话,他的仕途可想而知充满了危机。

"有的人因为能力强而提拔,有的人恰恰因为能力强而不能提拔,关键看在什么地方、什么时间。"这两条让郑天良都摊上了,能力强和政治上的不成熟使得他举步维艰、处处碰壁,即便是幸运之神再一次眷顾他,他也变得老谋深算、心狠手辣之后,依然自恃有实力,最终导致更大的悲剧。

"不懂事"是我对郑天良最通俗的评价,这种"不懂事"包括不通官场的人情世故,没有眼色,不会溜须拍马,不善自保和提防,而恃才傲物、居功自傲这些官场大忌又都与他沾上了边,这样的人不垮谁垮?只不过他的下场更惨一些。

说了这些之后,回过头再去回答"如果他原本就是一个坏人,那么潘多拉盒子是什么时候打开的?如果他早期的确是一位好人的话,那么他是什么时候开始转变的?"这样的问题,无疑要轻松得多。郑天良应该是一个性格分裂的人,导致他变化的第一个契机是他因为救人而一夜成名,一系列远远出乎他意料的变化足以使他这个穷小子的人生观和价值观发生突变和扭曲,而多年的打压和郁闷则从反面推动和刺激了这种扭曲,使他彻底走向其人生的对立面。人格的分裂导致人性的堕落,人性的堕落导致他走向疯狂和毁灭。

你打人家的脸,人家要你的命。在郑天良和黄以恒这对冤家对头几十年间的明争暗斗中,郑天良赢得的是一时的脸上有光,黄以恒无疑才是最终的赢家,不显山不露水地一步步将郑天良引入深渊,并最终将他送上了断头台。人与人之间冷酷无情的伤害和残杀,让人不禁毛骨悚然。

掩上书,我在想,"放下屠刀,立地成佛"这样的事情,到底是一种历经沧桑的境界,还是一种一厢情愿的想象?或者,只是那些手执屠刀的人一句口头禅而已?

2017.2

在查济看春联

戊戌年正月初五,去泾县县城为一位年轻文友做证婚人。婚宴快结束时,文友建议我在县城里转转,吃个早晚饭再回合肥,他一边说着一边和亲戚合计到底陪我们去哪里,只听他们说到查济时间有点紧张,太赶了。我插嘴道,就去查济吧,随便转转,说了多少年了,既然来了,就去一趟。于是赶紧收拾,去查济。

路程不算远,个把小时就到了。不知道是过年的缘故,还是由于下着小雨,游人不是很多,这让我颇有些意外。

这些年总是听人说查济,画家云集、电影拍摄基地等,想着一定是游人如织、熙熙攘攘,找不到感觉,没承想居然如此清爽幽静,行走其中,有种不太真实的感觉。

湿答答的查济,无论是老屋还是小巷,我们走了又走,看了又看,流连忘返。

因为安静,便很放松,脚步慢下来的同时,眼睛也就有了闲暇,渐渐地,注意起那一副副红通通的春联。看着看着就有了新发现:查济不但家家户户都贴春联,而且有不少是手书的。这些飘散着墨香的春联在铺天盖地的印刷出来的春联里,显得是那样独特和抢眼。要知道现在城市里张贴春联的已经不多了,手书春联更是凤毛麟角,难得一见。

或许是有不少书画家住在那里的缘故,查济春联的书法水平颇高,一路看下来,赏心悦目,时常还会有种惊艳的感觉。这让我们此行多了不少福利。

一扇竹子做的院门上，在旧春联上贴了新的，一笔一画很认真地写着"高树夕阳连古巷，小桥流水接平沙"，仿佛有份元曲的意味在里面，和古镇的氛围特别搭。在快节奏的生活里，这样的情境已经很难寻觅了。

一处白墙褐门上笔锋雄健地写着"庆佳节万事如意，迎新春盛世太平"，看似平淡，笔墨中却蕴含着一种安稳的气息。

还有一处房子，门开得很小，似乎也不是太讲究，撕去的旧春联总会留下一些痕迹，新对联却尤其秀气，上面字也少："燕剪千丛锦，犬迎万户春。"门看上去很旧了，春联也贴得很随意，或许主人是个散淡的人，一切随性，差不多就行了。还真说不准这样的人生是对还是错，不同的年纪和经历的人，会选择不同的生活方式，不合乎常情不一定就是错，放下一切的人生没准就是这样：随意，散淡。

有一处祠堂一类的建筑，通透气派的大门上的春联也很有格局："深究源流千壑济，畅谈中华一家亲。"大道理有时就是小道理，立足本土与放眼全局并不矛盾，做好一个家族的事，说到底就是做好社会和国家的事。

我们信步走到一个很讲究的宅子前，发现它的大门是用石材构筑的，对开木门上居然有两个门牌，不知道是一家人分成两户，还是两家人共用一扇大门。门上的春联无论是文还是字，都很有味道，一看就是出自书法家之手。反反复复看着"横琴倚高松，把酒望远山"，我在想，或许书写者就住在这个宅子里，他应该是一位修炼颇深的高人吧，我甚至都有一种小小的冲动：轻叩门环，见识一下主人的风采，没准我们还真的可以清酒一杯，畅叙一番呢。

另一个宅子的大门也是用石材构筑的，只是窄了一些，细节处理上也生硬了些，春联原本就大了，贴上去便显得太满。虽然字也很好，但因为局促，找不到"寒随一夜去，春逐五更来"的畅快劲头。

在一个有些偏僻的地方，有几间青砖小屋，陈旧的门上挂着锁，春联贴得不太讲究，但字写得很有个性，清秀雅致，文也是如此："水秀山青春浓，月圆花好气香。"人生某种境界，或许就是如此吧，寂寥时嗅着暗香，平淡中透着飘逸。

就这么走着看着琢磨着,不经意间两三个小时过去了,急匆匆离开时,立住脚步,回望,一扇有些斑驳的大门上潇洒俊逸地写着"山清水秀风光好,人寿年丰喜事多"。

平常的日子里,所谓向往、盼头,或许就是这些了。

2018.2

"同"这个字（外一篇）

关注"同"这个字源于一个偶然发现——家里仅存的一块伯曾祖所书的残缺石匾上面只有一个"同"字，沉稳大气，不同凡响。

每每面对，总是会凝视、琢磨，但也总是没有找到什么特别的感觉，更不用说有什么感悟和发现了。

查了一下字典，"同"是一个汉字，可作动词、介词、连词、形容词。总笔画数为6。这样的解释应该没问题，但对于"同"是"多音字，有 tóng、tòng 两个读音"，我则有些疑问，因为它只是在"胡同"一词中读 tòng，而"胡同"是不是可以认为是某一区域的方言呢？如果是，这样的读音就不应该收入字典。

当然我最关注的是"同"的总体解释为"相同，参与，聚集"，并由此发散我的思维，从而得出我的结论：如果可以将"相同"引申为"性情相仿"乃至"志同道合"，将"参与"理解为愿意在一起交谈交流，将"聚集"确定为最终走到一起，成为互帮互助、心心相印的挚友，那么这个"同"正是我一直要寻找的那个字。

当然，这是我一厢情愿、选择性的理解，但或许这样的理解并非空穴来风，有时我会想，是否真的是冥冥之中一切自有安排？这仅存的一个"同"字，或许就是先人留下的一个密码、一把钥匙，让我思考和回味，进而明白应该怎么去做事，应该如何去做人。

2018.11

说说"弋"字

看到这个标题,有人一定会认为我会从青弋江说起,而熟悉我的人,则一定认为我会从青弋江路说起,因为我曾经为这条再熟悉不过的路写过一篇文章。

准确地说,让我对这个"弋"字印象深刻的,是一位叫"裘弋"的演员。还记得他或者对他有印象的人,可就无意中暴露年龄了,因为裘弋是20世纪80年代很火了一阵子的男演员,属于那种有些油有些坏但颇招人爱的小生,风光了几年后去了国外。当时这样做的人不少,为了出国可以放弃一切。

后来我去芜湖,走到一条和长江相通的河流边,陪同的那位客居芜城的眼镜哥轻轻地说了句:"青弋江。"

有意思的是,二十多年后,当我再一次搬家的时候,小区大门右侧的那条路就叫青弋江路。从此之后,这个"弋"字和我朝夕相伴,混得熟稔。我不会像有些人那样秀才念字读半边,张口就是一个"戈"字,也不会嗫嚅半天也不敢说出它的读音。

其实"弋"字的本义比较简单,带绳子的箭或者用这种箭射鸟,还有就是姓氏,组出来的词也大多与巡逻、狩猎有关,比如巡弋、游弋、弋射、弋猎和弋获,平常见得不多,用得更少,唯对弋窃(用不正当手段占据)、弋不射宿(不杀生、不趁危)、弋者何篡(或"弋者何慕":射手对高飞的鸟束手无策。旧喻贤者隐居,免落入暴乱者之手)等几个词印象比较深刻,或许它们所表达的多是一些有关做人处事的道理,能够引发人们内心的共鸣。

应该说,不用不正当手段占据,不杀生,不趁危,其实都是一些简单的道理,但是世人做起来却是那样难,可见人性里的"恶"有着多么强大的生命力。鉴于此,人们悲观消沉的时候,难免会有"弋者何篡(弋者何慕)"这样的想法,的确,我惹不起你,还躲不起你吗?

2017.1

微信公众号开通半月记

> 发发文字聊聊天——没有什么远大目标；
> 亦是交流亦休闲——也算不得就是消极。
> 总以为会多出一件事来，
> 现在看来也不算什么事。
> 天很热，满世界都是抱怨吐槽，
> 脑门一拍，我这厢锣鼓敲起来。

这是7月24日开通微信公众号时我写下的几句话，简简单单、实实在在，有一种如释重负在里面，还有一份小小的欣喜。

其实想开通一个微信公众号已经很久了，但我一直下不了决心，把它当作很大的一件事，心存很大的疑虑。此次虽然属于一时冲动，但感觉自己是想好了：就是一个发发作品的平台，不去刻意追求什么，有一些朋友关注，有一些人愿意打开它认真地读一读自己写的东西，就很好。

到今天为止，半个月内，发了九篇稿子，数量上还是不错的。而且我还坚持尽量多发一些新稿件，以达到促进自己多写稿的目的。在这九篇里，就有四篇是新写的，3篇是今年写好后没有发表过的，"合肥小讲"系列文字尽管多是几年前写的，但也是第一次"集体亮相",也算是有些新意。

因为是新手,时常会遇到一些搞不清楚弄不明白的事情,而新稿件因为打磨不够,也时常会出现硬伤,以至于一改再改,甚至发出来后又撤回。

在写作第二篇稿子《"鬻""披"和"憋"——大热天聊聊合肥方言》时,我就在犯嘀咕,因为这个"鬻"(yù)字和王光汉教授《庐州方言考释》里不一样,书里面的那个字上半部的中间部分是"字"而不是"米",尽管这个字非特殊手段是打不出来的,但显然是不同的两个字。其实当时我也在网上反复查找过,最后因为"鬻"字的解释里有"方言,溢出:~锅,汤~了"这么一说,我便认为两个字要么就是一个字,或者原本就应该是这个"鬻"字,因为网上引用的出处是王教授的另一本著作。

文章发出来后,王光汉教授给我QQ留言,指出这个错误,这让我既汗颜又感动,同时也深切感受到无论做学问还是写文章都来不得半点含糊,唯有认认真真去思考和求证,才不至于出现错误,闹出笑话,真正有所收获和成就。

在编发"思绪片段"时我颇有些犹豫,因为我不知道这样一些碎片化的思考对于别人是不是有意义,同时,选择和校改的压力并不小于写一篇同样长短的文字,但最后我还是把这件事做了起来,反馈回来的一些信息中也有不少肯定和鼓励。

《合肥东乡刘家》写成之后一直在小修小改,始终感觉有些地方没有把握,发出的前一天还特地去请老父亲代为把把关。但即便是这样还是有些不踏实。果然,今天傍晚去看父母亲的时候,父亲告诉我,他仔细地想了一下,我们家族的那副对联中的第一个字还应该是"校"字,因为我们家族据说是来源于汉代的刘向,而刘向"曾奉命领校秘书,所撰《别录》,是我国最早的图书分类目录。三篇,大多亡佚。今存《新序》《说苑》《列女传》《战国策》等书,其著作《五经通义》有清人马国翰辑本。《楚辞》是刘向编订成书,而《山海经》是其与其子刘歆共同编订成书"。因此,那副对联就应该是:"校书延汉业,正字换唐文"。至于"正字换唐文"的准确意思,还得继续考证下去。

6日写了《漫谈:"人格透支"及其他》,篇幅不长,属于一气呵成,完成后又反复阅读修改,感觉没什么问题了,便发在公众号上了。谁知发出来没两分钟,便发现有不妥当的地方,赶紧撤了。7日早晨再发,我那位第一时间发现少了一个"何"字。晚上自己又认真地看了一遍,发现有的词属于多余,有的字最好换一下,瞬间感觉自信心受到严重打击。

半个月来,微信公众号的确占用了我不少的业余时间,但也的确促进了我的写作和思考,毕竟,写一个东西放在那儿和把它发出去有本质上的差别,而这个转变过程于我来说,应该是一种锻炼和提高。

既然如此,那就这么继续下去吧,权当又给自己找一个操心烦神的事儿,总比闲着无聊要好得多。

2017.8

合肥记录

合肥这座城

合肥是一座古老的城市,也是一座年轻的城市。

说她古老,是因为早在2140年前的汉武帝元狩元年(前122年),合肥便正式成为一座城市。说她年轻,是因为最近10多年来,合肥经过裂变式的发展,已然成为一个充满生机与活力的滨湖名城。

战火肆虐,沧海桑田,如今的合肥,古迹遗址大多湮灭,但在老城区的大街小巷,依然保留着许多古老的名称,其中又以三国时期的特色最为显著。

让张辽威名远扬的逍遥津,如今是一个极具汉代特色的开放式公园,张辽塑像和衣冠冢会将你的思绪拉回到豪杰并起、群雄争霸的三国时期。当年曹操点将练兵的教弩台,极富三国特色的操兵巷、撮造山巷、回龙桥、飞骑桥,以及与曹操浪漫逸事有关的筝笛浦、曾经能够藏舟千乘的藏舟浦、曹操为清点多得难以计数的人马而挖的旱塘斛兵塘,都会引出不少的故事和传说。

在老城的周边,有同样源于战争的三国新城,有俊逸潇洒、才智过人的周瑜的墓园,有台湾第一任巡抚刘铭传及一大批淮军将领的故居和圩堡,有丁汝昌、聂士成、段祺瑞、冯玉祥、卫立煌、孙立人、张治中、李克农诸位传奇将领的故居和遗迹。

当然,如果说起最让合肥人引以为傲的老乡,无疑非包公莫属。包公的铁面无私、廉洁自律,为这方土地留下的不仅仅是一个个故事和传说,更多的是人性的光辉和人格的高度。在合肥的历史上,在老城的东南角,包河、包公祠、包公墓和清风阁,一直护佑着这座城市。

李鸿章给合肥留下的,不仅仅是一处处家族的宅邸、仓房和当铺,还让这座城市里的人明白,历史既是无情的,又是有温度的,你做了什么,你有过怎样的付出和行动,它都记着呢。

合肥位于江淮之间,地势平坦,土地肥沃,四季分明,气候温和,雨量适中,地表水系较为发达。历史上的合肥曾经是一座水城,城外绿水环绕,城里水面广阔,淝水穿城而过,舟船穿梭其上,有一种江南水乡的感觉。

值得庆幸的是,当河流沟渠逐渐萎缩,老城已鲜见粼粼波光的时候,合肥人保留下绕老城一周的环城河。经过几十年的不懈坚持和努力,以环城河和古城墙根基为中心的环城公园成为合肥人引以为自豪的"绿色项链",为合肥成为国家园林城市奠定了坚实的基础。

2011年,合肥开始独自拥有我国五大淡水湖之一的巢湖,这真是一个了不起的举动,因为这在全国省会城市中是绝无仅有的。

巢湖东西长54.5千米,南北宽21千米,水域面积770平方千米,号称"八百里巢湖",空气清新,风光秀美。"巢湖夜月"曾经是"庐阳八景"之一:"当其月夕,微风不生,流光接天,静影沉碧,羁人当此而神开,劳者对此而机息,恍惚置身于广寒世界也。"如今,沿着宽阔的环湖大道驾驶或者骑行,你可以看到湖上帆影点点,路边繁花朵朵,湿地风光奇妙,万物和谐共生。傍晚时分,中庙湖岸,西向远眺,水色天光,一派空灵。

巢湖的水产品丰富,尤其是银鱼,形体美观、骨软无刺、鲜嫩可口、营养丰富,是合肥人餐桌上的佳品。

合肥四周丘陵环绕,城中却只有一座不高的大蜀山,但它却是世界上距离城市中心最近的死火山。登临其上,但见林木葱茏,游人如织。喷薄而出、势不可当的过往,或许只有从那些仅存的遗迹碎片中,可以依稀感受得到。

合肥人文荟萃、名人辈出。作为安徽省省会,合肥会聚一大批全省各方面的顶尖人才。徽剧的轩昂大气、黄梅戏的婉转流畅、庐剧的质朴生动,使得它们能够越走越远,赢得越来越多的人的喜爱。黄梅戏名家严凤英曾经在合肥的街头悠悠地走过,"树上的鸟儿成双对"的旋律应该是她的背景音乐;著名作家鲁彦周曾经在环城路上慢慢踱步,充满传奇的"天云山"应该是他时时挂念的地方。如果我们将目光转向城南的赤阑桥,或许会看到一个儒雅、落魄的宋代词人正对着斜阳荒原念念有词:"肥水东流无尽期,当初不合种相思。"那是姜夔,一个浪漫而痴情的人。

如今,最让当代人瞩目和追捧的四位风雅女子,当属从合肥走出去的"张家四姐妹"——张元和、张允和、张兆和、张充和。她们的美貌、才华和婚姻,让人羡慕、敬佩不已。

在合肥老城区中部的四古巷,曾经有一座南北向三开七进的杨宅,1922年10月1日,在那里诞生了一位了不起的人物,他就是诺贝尔奖获得者、世界顶级物理学家杨振宁。老城的滋养、母亲的启蒙、父亲的引导,让他走出了合肥,走向了世界。

在合肥,这样的人和这样的故事很多。可以毫不夸张地说,在合肥老城区,你随便走在哪一条路上,站立在哪一座院落的门前,都能够通过一种"密码",走近某个名流,走进某个故事里面。比如吴王杨行密、百花公主和百花井;比如龚鼎孳、顾媚和稻香楼。

清末民初,合肥城市规模在安徽数一数二。从当时的大县城,到后来的新省会,再到今天的滨湖名城,合肥不但在快速增加她的面积,同时也在不断充实她的内涵、提升她的品位。

在老城区,你可以看到这座城市的底色和韵味,你会发现邻近市民小区、充满烟火味的街巷里,有让人舒服放松的随意便捷。如果你步入一条比较幽僻的街巷,你感受到的是这个城市的另一面,你会从路边休闲椅上坐着的、路上款款走着的市民脸上看到一种宁静和从容。做着自己的一份工作,过着自己的一种日子,时光很快,时光也很慢。

到了政务新区、高新区,相信所有人都会有眼前一亮的感觉,矗立的高楼,宽阔的道路,一切都是新的,一切都在变化当中。如果说要探寻合肥人的精神面貌,新城区无疑是最合适的。创意、理念、格局,既是城市建筑的风格,也是穿行其间的那些老年少年、男人女人的风貌,因为说到底,城市之美就是人性和人格的美。

如果说老城区代表着合肥的过去,新城区代表着合肥的现在,那么滨湖新区则代表着合肥的未来。它的超前和大气,它所面对的大湖的辽阔和包容,应该就是这座城市所向往和追求的,既是物质上的,更是精神上的。

合肥曾经制造出中国第一台微型计算机(DJS-050)、中国第一台窗式空调、世界第一台DVD,开辟国内第一条纯电动公交线路(18路),合肥拥有全球首个城域量子通信试验示范网、全球首颗量子科学实验卫星(墨子号)、国际热核聚变实验堆计划(中科院合肥研究院等离子体物理研究所)。

合肥是中国国家科技创新型试点城市和国家创新型试点城市,也是世界科技城市联盟会员城市。

相关数据显示:2018年,合肥市有院士工作站47个;省部级以上重点实验室和工程实验室210个,其中国家重点(工程)实验室17个;省级以上工程技术研究中心139个,其中国家级(含分中心)7个;省级以上工程研究中心66个,其中国家级15个;省级以上企业技术中心322个,其中国家级46个;省级以上创新型(试点)企业218家,其中国家级14家;市级以上科技企业孵化器59个,其中国家级12个;市级以上众创空间75个,其中国家级18个。

2018年,合肥市全年有9项科技成果获国家科技奖,其中国家自然科学二等奖2项,科技进步二等奖6项。全年受理专利申请65814件,其中发明专利32831件;授权专利28438件,其中发明专利5597件,比上年增长13.8%。全年签订输出技术合同17077项,成交金额191.85亿元,增长34.4%;签订吸纳技术合同9590项,成交金额165.57亿元,增长14.8%。

数据是变化着的,数据不能说明所有问题。因此,合肥人的创新意识,不仅仅体现在这些记录和数据上,还体现在日常的言行和思维方式上。

长期不够发达的地域特点和敦厚刻板的性格特征,决定了合肥人不够自信、渴求改变、见贤思齐、与人为善。其要点自然是不吝改变和勇于创新。

合肥人不会排斥和歧视任何外地人,尽力同各种各样的人处好关系,无论是谁,只要他说得对做得好,合肥人就会支持他、拥戴他。

合肥人在寻求出路时是谨慎的,但是一旦确定目标,合肥人的蛮劲就会上来,夜以继日、全力以赴,吃得苦、耐得操,有一股不达目的决不罢休的韧劲。

尝到了改革和创新甜头的合肥人,心胸更为开阔,眼界更为高远,他们不但愿意跟着走,而且还敢于尝试着往前冲。因为合肥人明白,只有靠自己,只有发展了,合肥的明天才会更好,合肥的未来才会更美。

合肥这座城市的未来,值得期待!

2018.6

合肥的大与小

关于合肥,我的老父亲最反感的一句话就是,1949年之前的合肥是个小县城。父亲说那些人根本不了解合肥的历史,过去有一种说法叫作"南宣北合","宣"是宣城,"合"就是合肥。

我小的时候住在小马场巷和七桂塘之间的居民区里,房子是父亲单位分配的,但与那些老旧的宅子没有什么区隔,所以出入方便,小小的人儿时常会独自外出"探险"。也许是人小的原因,感觉合肥城真是很大,怎么也走不到边。我说的"边"是环城马路,过去的老城墙。

在老辈们看来,过了环城马路就是城外了,事实上也是如此,尽管环城马路之外也有机关单位,但似乎还是以大中专学校、科研院所和工厂为主。记得我为数不多的几次去南七,都是到那里在工厂工作的亲友家串门,因为太远,好像还在那边住过两次。

我还去过五里墩,一个很大的农贸市场,不是很清楚是否属于赶集。从20世纪70年代开始,越来越多的机关单位往老城外搬,因为城外有更大的土地,办公楼和宿舍就可以一把解决了。于是合肥城像摊大饼一样向四周散开,我们家也随着这个节奏搬到了城外的梅山路(现在的芜湖西路)。

1977年的梅山路,没有路牙,没有下水道,更没有快车道、慢车道、人行道,大家都挤在一条不宽的柏油路上,晴天有灰,雨天有泥,两边都是黄土裸露的高坡。与金寨路交口的西北角,甚至还有一片坟区,人们抄近路时,便会在一个个或大或小的土包间绕来绕去。春天里,阳光很好,草木茂盛,这里竟然有些田园风光的感觉。

变化似乎就是从那个时候开始的。修路、种树、盖房,梅山路越来越像那么一回事了,越来越多的人来到它的周围经商、生活。与此同时,城市化建设的脚步一刻不停,直到有一天,家门口的一条高架桥让老城与政务新区之间的距离变得不再遥远的时候,我发现,自己生活的这座城市变得如此之大。随着时间的推移,一个个新区建设起来了,尤其是滨湖新区,直接将城市推进到了巢湖的边上。合肥变得很大,大到连老合肥人都会摸不着路找不到北了。

城市大了,人们散开来住,自然会面对一些新问题,比如交通,比如购物,比如难以割舍的老城情结。对于这一点,我是很有体会的。我的一位朋友搬到政务新区多年,一直都是回到老城区原来的家门口理发,而我在近三年的时间里,需要从南一环以南的家坐车到北二环以北的单位上班,在一次次颠簸中,我渐渐体会到大城市的生活成本与代价,理解那些大城市里人们的辛苦与无奈。

好在,这一切都在改变。

慢慢地,人们发现,一个又一个商业综合体出现了,吃喝玩乐购物都可以在距离自己家不远的地方实现,而地铁的出现则让距离变得不再那么可怕。的确,大城市带给人们的应该是更多的机会和享受,否则要它有什么意义?

物质需求满足了,人们又有了新的想法,他们要看要买纸质书,他们要参加一些可以与作家面对面交流的见面会和文化沙龙。于是社区图书馆出现了,书香浓郁的茶吧、咖啡屋出现了。近两年,一间间高规格、高品位的城市阅读空间的建成,让众多市民切实受到文化的滋润。

当我徜徉在一个个商业综合体,或者从一间间城市阅读空间的书架上取下一本本书的时候,我已经不再纠结于合肥到底是一座小城市还是一座大城市,我想得更多的是这座城市的人们是不是已经具备与之相符合的胸襟和素质。相比于建设起一座座高楼大厦，人们精神境界的丰富与提高要困难得多，与其在看得见的数据上角力，不如在看不见的软实力上下功夫，毕竟，人们更看重的是"全国最爱书的城市""充满小资和文艺范儿的城市"这样的评价。

于是我想，这座城市的每一个人身上都有一份责任，以自己踏实有效的工作让城市更为繁荣强大，以自己源自内心的言行举止让城市变得更为文明优雅。

相比于一个家庭来说，一座城市就是几百万人的一个大家，如果你认同这个观点，很多道理就不需要讲了，许多问题也就不会有了。百年之前"南宣北合"只是就一省而言，如今合肥人要做的，是要在全国范围内为自己的城市争得一个理想的位置和状态。

大城也好，小城也罢，不再重要，不必纠结。

2018.10

圈起一座城市的气韵

环城路是合肥最有特色与韵味的路,我一直都这么认为。

每一座城市都会有大大小小的路,而每一条路也都或多或少有着自己的特色,但像合肥环城路这样的并不多见,以至于我时常会拐过去,甚至特意过去走一走看一看,感受一下它反差很大的两面:沉静与喧哗。

合肥的深秋有时候还是很温暖的,比如今天,我只穿了一件棉质的衬衫便出门了。

骑着自家的小蓝车,十分钟便到达了桐城路与环城南路交叉口,而我刚刚经过的是一座桥。据说很久以前,这附近也有一座桥,叫赤阑桥,南宋大词人姜夔有这样的吟唱:"我家曾住赤阑桥,邻里相过不寂寥。君若到时秋已半,西风门巷柳萧萧。"一段情缘,多年牵挂,生离死别的故事总是浪漫而凄美的。如今,这个流传了八百多年的故事被广泛提及,为环城路乃至这座城市增添了一抹紫罗兰一般的浪漫色调。

我沿着环城南路往东,不一会儿便来到下一个路口:环城南路与徽州大道的交叉口。这个路口附近,曾经有过一个高大巍峨的城楼:南薰门。据原址石碑介绍,南薰门为三开间,前有瓮城。

大多数合肥人应该知道,环城马路是修建在老城墙的根基上面的,全程约九千米。因为是沿着老城墙的走向,所以它围绕着合肥老城区画了一个圈,而在它的外侧则是老护城河,这样的布置让我们多少可以感受到一些老城的形态与格局。

南薰门俗称"大南门",距离赤阑桥西侧不到五百米的德胜门则俗称"小南门"。小南门到大南门这段不到一千米道路南侧的护城河叫"银河",因为河的两岸及附近有不少居民楼,所以这一段道路的烟火气很足,早早晚晚锻炼休闲的人不少,自然是以中老年人居多。夏天时树林里打牌的、冬天时朝南河岸边打麻将的,已然成为一景,每每看见我都会在心里感慨:老年人舒适而悠闲的生活,应该是一座城市幸福指数的一个很可靠的参照。

过了徽州大道,就进入包河景区了。

一千多米的景区内,有包公祠、包公墓和清风阁等景点,有省图书馆稳重大气的建筑群,有时时变幻着的河面景色,有络绎不绝的游人。粗壮的柳、曲折的桥、久远的记忆、巍然的形象,奠定了包河景区的独特气质。如果说我们在银河景区看到的是一派轻松祥和,那么在包河感受到的则是这样生活的支撑和保障。疾恶如仇,公正无私,在包公的身上显现出公平和正义。

走在环城路上,我时常会有一点恍惚,如果不是有不远处时而探出脑袋的楼房和修整得很好的道路和设施,我会感觉自己是走进了一片森林里。遮天蔽日的树冠,多种多样的树种,以及它们特有的形态和气息,给都市里的人们带来独特的享受。在这里,可以散步,可以慢跑,发发呆,深呼吸,都是很难得的福利。

在老合肥的城门里,时雍门(小东门)和威武门(大东门)之间距离是最近的,仅两百多米。城门自然都已不在了,但两个俗名却沿用至今,因为邻近火车站和汽车站,又有长江中路和寿春路两条主干道通过,那儿总是车水马龙,拥堵不堪,感受自然不会好到哪里去。但如果我与一位外地的朋友同行,我则会让他把自己的心安静下来,跟着我的描述感受一下这里的一切,然后选择他的游览路线。

我会告诉他:合肥曾经是一座水城,河流穿城,池塘密布,西边流进城里的水一路蜿蜒,从时雍门旁边的水关出城,流向巢湖、长江。

我还会告诉他：如果你沿着长江中路往西走，那么你可以感受到这座城市的历史——迷茫与彷徨、发展与变化。如今它又处在一个新的历史节点。

当然我一定会提到杨振宁，一位出生在长江中路北侧四古巷老宅子里的世界级的物理学家。

当然他还可以沿着不远处的淮河路往西，在感受它时尚繁华的同时，还可以看到能追溯到三国时期的明教寺、邂逅名重一时、毁誉参半的李鸿章及其家族府邸。历史与现代、厚重与喧腾，在这里可以同时感受得到。

过了淮河路，环城马路一下子安静了下来，很大的反差会生发出一种刺激，它会让人在调整心理的同时，想到人生、庸常的日子、平淡的生活。

环城北路的确是太长了，三千四百多米。它的东端内侧是逍遥津公园，也是唯一一段两面临水的道路。三国时期的古战场，如今百姓的游乐园，逍遥津承载的是沧桑，也是传说。

作为这座城市最早的公园，无论从位置还是从景观来看，逍遥津都是极佳的，因而当你走进环城北路的时候，会有一种惊艳的感觉，明快的色调，绘画的效果，让你不由自主地放慢脚步。

20世纪80年代修建环城公园的时候，因为有专业人士的介入和努力，环城路沿线绿化采取自然与人工相结合的方式，看上去没有那种整齐划一的生硬，经过几十年的生长与呵护，渐渐显现出一种自然的状态。这一点在环城北路两边尤其明显。

总体来说，环城北路的基础要差一些，但野趣也要多一些，行人少的时候，更能显出一些古意来。

有段时间，应该也是秋天，我几乎每天下班以后都要骑车从阜阳路转到环城北路，然后向西，在亳州路那儿折转向南，到达长江西路后再向西，去看住院的母亲。由于错峰，行人、车辆都不是太多，但太阳已经在西边，红红的、暖暖的，透过树叶照过来，显现出一种温和，我那有些焦虑疲惫的心因此得到一些抚慰。

拱辰门在环城路的中端,它也是合肥老城唯一一个向北的城门。是否有另一个城门?它的消失是不是因为某次战争?似乎没有定论。相比之下,西边的两个城门和一个水关跟东边是相对应的,水西门由水门演变而来,西平门就是合肥人经常挂在嘴边的大西门。

环城西路那段地势很高,这也应了那句"东门城门楼,西门马屁股头"的俗语。由于几条路的连接,琥珀山庄、合肥市图书馆的建设,环城西路的车流量相对要大一些。它的外侧,那个曾经颇为荒凉、有着许多奇闻逸事的黑池坝,早已成为人气极旺的著名住宅区了。

它的东面偏北,现在是杏花公园,一个市民休闲的好去处。估计有人会认为水面小了一些,但大多数人肯定不会想到近两千年前的三国时期,它所在的那片土地据说是一个可以藏舟千乘的大水域,河面港汊密布、芦苇丛生,张辽率兵与孙权军队大战时,曾在这里藏有一支水军,人称"藏舟浦"。

唐代时,这里变成了绿水萦回、花竹葱茏的岛,成为文人墨客游玩作乐、咏诗作赋的场所。"藏舟草色"也因此成为古代"庐阳八景"之一。

过了长江中路,就是环城西路了。这也是我最为熟悉的一段。这么些年来,我时常在这段路上走来走去。每次我都会放慢脚步,低头看草地上昆虫悠闲的姿态,侧耳听鸟儿悠扬的鸣叫,目光也随之转向树林深处与河的那一边。

环城南路的外侧是著名的稻香楼宾馆,内侧中段则是很有故事的龚湾巷。实际上,这两处都与明清之际的文化大家、政坛怪杰龚鼎孳有着很大关系。

巷子是龚家的聚居地,曾经有龚家祠堂,还有一些相关的传说。"楼"则是龚鼎孳兄弟所建,龚鼎孳回到合肥的时候,会在这里与本地名流唱和,和"秦淮八艳"中最为出众的"一品夫人"顾眉缠绵,倜傥风雅。

如今"楼"虽不存,但名字依然沿用,作为安徽省的国宾馆,其建筑敦厚大气,绿化葱绿雍容,局部生态环境极佳。

因为稻香楼,这一段的护城河便叫了"楼河",不过我记事的时候它已经叫"鱼花塘"了（后来又改为"雨花塘"）。那时候的鱼花塘可谓孩子们乃至成年人的天然浴场，附近的居民们也时常会把家里的床单被里及厚重的衣服带到那里去漂洗。没有经过多少整治的河流虽然多了一些危险，却比现在的自然清澈得多。有时候还真是说不好到底什么是优化提升，什么是过度干预，能够做到自然而然的确不是一件容易的事。

其实环城路是最适合步行的，特别是像环城南路这样既景色宜人又不显得冷僻的地方。很多年以前，我曾带着年幼的儿子沿着环城路走上一圈，把那小子累得够呛，不过收获倒是蛮大的，他一篇作文，我一篇文章，先后被报纸采用，大家读了都感觉有点意思。前几年在书城工作的时候，公司也组织员工走了一次环城路，丰厚的奖品引得一帮人争先恐后。

这么一边骑着车，一边回想和琢磨着，不觉已经到了金寨路。天色已晚，"老报馆"休闲餐饮已经灯红酒绿熙熙攘攘，远远看去，那一盏盏路灯仿佛一个个标点，在历史与现在之间做着句读，而不论是长句还是短语，无不记录着这条路、这座城市从过往到现在的轨迹，让人不由得感叹、徘徊。

我将目光收回到现在，向着两条路的交会处搜寻，想象着曾经矗立在这里的德胜门的模样。

据资料和老人们的介绍，在老合肥的七座城门里，德胜门最为高大气派，因为它正对着老县衙、府衙，穿过城门内长约一千米的德胜街，就可以到达它与横街的交会处——三孝口。过去的官员进城通常是要走这条路的，几百年间，各等级的官员们进进出出、来来往往，到衙门去办事告状的老百姓们惶惶恐恐、哀哀怨怨，演绎着鲜活生动的世间百态。当然更多的是平庸麻木，是水一样流过的时间、风一样飘过的故事。德胜门默默地立在那里看着这一切，直到某一天人们持着铁锹钢钎扑向它。

那是20世纪50年代，当时全国一窝蜂地拆除大大小小高高矮矮的城墙。合肥的城墙虽然已经破旧，但依然坚固，让狂热的人们费了不少劲。其实相比于那些消失的城墙,任何感叹都是没有什么意思的,我倒是觉得,如果说我在失落感叹之余还有那么一点庆幸的话,那就是不但城墙的根基还在,而且还在上面修建了这么一条优美的路。其实我们更要庆幸的是,几十年间,我们的主政者们都在或多或少地坚持做着一件事:尽力保证环城路的连续和完整,尽力保证它有可以舒展双臂的蓝天、高低错落的树木,以及大块大块的绿地。

有过妥协和退让,也有过毅然决然的措施,当一个又一个企图破灭之后,大家明白了,在这一圈绕城绿水幽径的周边,有一条不可逾越的红线。当然那些人肯定不会明白,在这条红线背后,是一种信念和情怀。

我慢慢地骑行,走着环城之旅的最后一段路程。夜色里的环城路喧闹渐渐退去,人们的脸上多了一些悠然的笑意,小车轻轻驶过的时候,空气中仿佛有一条条丝巾从手面和脸庞滑过,清凉而温柔。

莫名地,我的心中涌起一丝感动:能够拥有这条环城路,真是一件很美好的事情,如此沉静怡人,更是意外的惊喜。它不但环绕守护着这座老城,也让许多人对这座城市的记忆和心灵归属有一个清晰的指向。从这层意义上来说,它的价值已经远远超越了一条路本身。

的确,环城路圈起的,不仅是一个老城的轮廓,还有一座城市的气韵。而这,尤为珍贵。

2017.11

后大街安庆路

在老合肥人的记忆里,安庆路就是后大街,前大街则是现在的长江中路。我八十多岁的老母亲开口闭口前大街、后大街,顺溜得很。而在我的印象中,它就是安庆路。不过现在看来,它的确一直没有摆脱后大街的命运。

有一个问题我始终有些不解:作为县衙门大门前的一条大路,怎么着也应该是合肥第一路啊,但是它似乎从来就没有过这样的位置,即便是被命名为中正路,依然没有比得过前大街,因为那时的前大街也改名了,叫作中山路。

据资料介绍,后大街东起古楼拐(今宿州路),西至横街(今金寨路),横街以西部分都是1949年以后扩建的。历史上的后大街一直是合肥城著名的商业街,有不少驰名全省的老字号在此经营。

母亲是抗战胜利后随外祖父来到合肥的,他们在合肥的第一个家就在后大街。我曾问过老人家,是否记得网上列举的刘东太杂货店、华英大药房、瑞昌国药号、亨达利钟表店、百货大王艾宏兴、同昌百货店,母亲认真地想了一下说:记得。然后她和父亲又回忆补充了一些细节,父亲那时候已经和家人住在撮造山巷二十多年了。我又问母亲,可记得后大街上号称"餐饮业四大楼"中的会宾楼、万华楼?母亲记得会宾楼,但对于万华楼似乎没有印象,后又想了一下,恍然大悟似的说:"万花楼啊?有。"我也记起母亲过去经常会提到万花楼,不知道是网上资料错把"花"写成"华",

还是母亲口音的问题。

仿佛打开一扇门,父母许多久远的记忆被唤醒,你一句我一句地说起了后大街往事。其中怡和布店兼钱庄引起了我的兴趣,它的经营形式很有意思,顾客既可以在那里买洋纱洋布,也可以把钱存在那儿吃利息,因为当时金融不稳定,还可以把钱款折换成洋布洋纱存在那里,赚取差价。这与现在的期货似乎有些相像。

怡和的老板姓温,和我祖父是好朋友,我们家里的钱都存在怡和,过一段时间去拿一次利息。祖父时常会到怡和去坐坐,品品茶喝喝酒,父亲也曾去那里拿过利钱。我见过这位温姓老板,称呼他温大爹爹,老人家俊朗挺拔、精明文雅,笑起来颇有范。

据父母说,那时候的后大街铺着青石板,路不宽,五六米,两边人家可以很轻松地隔着街说话。不过我记忆中的后大街早已改名为安庆路了,路面上铺的是很大的六边形混凝土砖块,路两边的梧桐树已然成形,人行道两旁是一家家大大小小的铺面。

记得在安庆路中段的北侧,有一家旧货商店,门面挺大,里面的商品从家具、服装到生活用品、生产工具,品种繁多。记得那些皮毛大衣、呢大衣一类的服装都挂得高高的,需要看的时候工作人员会用一个叉子把它们挑下来。似乎还有一个宽大的玻璃柜台,里面摆放着手表等相对贵重的物品。由于各种原因,人们把自己家里稍微值钱的东西拿到旧货商店,双方商议一个价格,东西卖掉了,店里收取一定的佣金,如果到了一定的期限卖不掉,则退回卖家。其中鉴定估价是个技术活,我家族里一位爷爷(我称呼他四爹爹)对文物古董颇有研究,当时就在这家店里上班。四爹爹胖胖的身躯、圆圆的脑袋,见到人咧嘴一笑,有些弥勒佛的感觉。

安庆路上有两家照相馆——丽芳和大风。印象中丽芳照相馆是合肥当时几家照相馆里口碑最好的,似乎也是最为小资的。我和太太一张很大的黑白照片就出自丽芳。清楚地记得,那是1989年的春天,一辆自行车载着我们的快乐与憧憬,而定格在照片里的,是我们青春的模样。

小的时候,我感觉省博物馆是安庆路上最高大漂亮的建筑,无论是它苏式的外形,还是它门前广场上的青蛙喷水池,都让那时的我有一种别样的感觉。当然那时候我并不知道,那里曾经有一座高大威严的县衙门,同时它也是1949年后市政府的第一个办公地址。历史在这里不断地交错重叠,埋藏着太多的沧桑和秘密。

与县衙门同样古老的还有位于其西侧的庐州府学——学子们求学的地方。后来它是合肥县女中,再后来它成为合肥市第四中学。它是县女中的时候,母亲在那里读书;成为四中以后,我的大哥,我和妻子、儿子一家三口都在那里度过了两三年的求学时光。现在它什么都不是了,经过几次拆分,它已经变得很小了,而且据说它还会被继续拆分。这让我多出一些忧虑,因为无论从哪个方面来说,那里都应该留下些什么。关乎历史和文化的地方,不能够随随便便地把它抹得不留一点痕迹。

安庆路过去有过怎样的繁荣我只能去想象,但我见证了它的鼎盛期,摩肩接踵、川流不息,到处都是人,到处都是商铺和摊位。那是20世纪80年代初,全民经商的热潮让安庆路瞬间变成闻名全国的小商品一条街,靠近徽州路那一段的马路中间建起一排铁皮棚子,路两边也都是一个挨着一个的店面和地摊,经营的产品五花八门。可以说,安庆路是合肥人下海经商的摇篮,很多成功人士从那里起航,无数正剧喜剧闹剧在那里上演。

随着城隍庙市场的建立和红火,这条路上的乃至全市的商户和人流都向那里汇集,外地赶过来的淘金者也是源源不断地进入。市场经济的大潮将不少人送上高峰,也将许多人拍在沙滩上。

随着时间的推移、市场的变化,安庆路渐渐冷清下来,渐渐回归后街的宿命。除了越来越高大上的城隍庙市场的门脸,安庆路显得偏僻冷清,夜晚走过的时候,我会有一种很奇特的感觉,仿佛是走在时间的隧道里,一直往前走,就能够回到过去,回到那一个个我熟悉的场景里。

2017.7

长江中路忧思录

一个关于长江中路的段子在网上传了很久,通过年轻民工写给他母亲的家书,讲述一个从有些喜悦到悲观绝望的荒诞故事,让人忍俊不禁的同时,又有些苦涩的感觉。的确,这些年长江中路似乎总是在修,隔三岔五就要折腾一次,没完没了。但是如果你当真顺着长江中路走一遍,你就会发现,现在的长江中路真的是要修了,它已经变得破败不堪了。是的,破败不堪,我一点儿也没有夸张。

是因为修地铁吗?是因为省委、省政府的搬迁吗?是市场的原因吗?也是也不是。曾经的合肥乃至安徽的第一路啊,居然会变成如此令人心痛和尴尬的模样,居然让人有一种倒退几十年的感觉。

我是从小东门马鞍山路口开始我的长江中路考察之旅的。面朝东,站在那个地方,往右有两条路——环城马路和马鞍山路,往左过桥有长江东路,左边稍后侧有环城东路,而我面对的是长江东大街(它与长江中路的交会点是我脚下的下穿隧道)。堵,车辆缓慢行驶是那里再正常不过的现象。

当我面朝西开始骑行的时候,首先看到的是路南边的一座五层灰楼,楼面上有八个镏金大字:安徽省直机关党校。可见它曾经属于省委机关,如今人去楼空,一个个黑洞洞的窗户和一楼关门停业的商铺,表明它已经进入被拆除的倒计时。有着同样命运的还有它西侧那一溜沿街的三层楼房,但凭着它们那铺着瓦的房顶就可以判定出，它们的历史至少五十年，属于文物级的建筑了，是否一定要拆了重建，是否一定要让这条路像时尚少女身上的衣服一样，永远都是那么崭新亮丽，似乎可以商榷。

省委大院现在也是空荡荡的，这座安徽省曾经的最高权力机构大楼兴建于20世纪50年代，六十多年来，它一直给人某种威严和神秘感。我对它最早的记忆是1976年9月，伴着低沉的音乐，我缓慢走进它的迎门大厅，压抑而忐忑。如今人去楼空，空荡荡的院落传递出一种别样的气息，它的明天会怎样？怎样安排才是最为妥帖的？这是一道颇有难度的命题。

往西数十米，路北有一条不太宽也不太长的九狮桥路。它的北端是名声很大的明教寺，我小时候，大人们都叫它"菱角台"，那时感觉很有些好奇，是它的外形像菱角，还是它那里的菱角特别多？当然，那时候我并不知道它竟然有着一千多年的历史。饥贫的年代，有关吃的东西最具吸引力。

过了九狮桥路，就会陆续看到几座颇为蠢笨的集过街与去往路中间公交站两项功能于一体的天桥，以及具备同样功能的地下通道，还会看到一条条人行道像变魔术一般渐渐变窄直至消失不见。而这些都是2008年那次拓宽改造留下的后遗症，未能顾及市民特别是老年人的感受和安全，让本应该提供便捷服务的公交车变得不那么方便，让行走和过马路这件事变得战战兢兢。

当然，当时大刀阔斧跃进式的城市改造难度不小，现在我们看到的或许是某种无奈情况下的权宜之计，估计当时谁也没有料到这样一种局面会延续近十年。

现在看来，那种大拆大建的模式既不科学也没必要，路并不是越宽越好，建筑也不是越现代时尚越好。长江中路在现有的情况下，没有必要再加宽，需要的是在慢车道、人行道上下点功夫，为此可以考虑适当缩小快车道，只有真正做到快车、慢车和行人各行其道了，如此，大家才能够快起来。

长江中路曾经有几个颇有特色的四岔路口——宿州路口、四牌楼、三孝口，如今有哪一个看得过去、拿得出手？还有老合肥人津津乐道的华侨饭店、淮上酒家、合肥饭店、长江饭店、张顺兴,现在都在哪里?变成了什么模样?老房子、老字号是一条路乃至一座城市的特色和韵味所在,我们不但要把一条路、一座城建设好,也要把前人留下来的东西保护好。在这一点上我们已经错得太多,很多有意义有价值的建筑被很随意地拆除了。

这么想着,不觉已经站在了原省政府的大门前,尽管也是人去楼空,但它的气场似乎没有丝毫减弱,庄重、大气。对于这样一座建筑的未来,社会各界关注度很高,一定要有一个比较周密、可行的规划,一定要有公益元素在里面,一定要有一批有敬畏心的专业人员来做这件事,否则很有可能会做砸了,或者在无声无息中浪费了。

合肥的公共文化场馆设施严重匮乏,如何让老百姓在吃好穿好的同时,得到精神上的熏陶和享受,是在长江中路改造时应当注意的事情。所谓的品位和韵味,不在于建筑的表面,而在于它们的内涵,事实上,老百姓精神上的追求一点也不低于物质,在对待孩子的教育和培养上尤其如此。对于老百姓的这些隐性需求,有关部门往往会忽视,这似乎也难怪,许多年来,人们的眼睛总是盯在"民以食为天"上,而所谓的文化,总是被当作一种装饰和点缀。

百货大楼(包含CBD中央广场)、银泰之外,长江中路的商业似乎凋敝殆尽,沿街铺面要么关门走人,要么苦撑苦熬,门可罗雀。再加上好几栋即将被拆除的大楼那一个个黑黢黢的窗洞,让人不由得感觉一股凉气在心中弥漫开来。不能把什么都归结于市场因素和修地铁,长远的规划、行之有效的应对措施在哪里?决策、定位、有效、及时、特色等,都是重新激活长江中路的关键点。

长江中路多长?不知道。虽然对于它东起小东门的马鞍山路这一点没有异议,但是它西边的终点到底在哪里,是我直觉里的环城马路,还是网上有些资料里说的五里墩立交桥,抑或是我亲眼所见路标所示的梅山路口?不知道。如此简单的一个问题,居然会变得如此复杂,可见我们的职能部门要做的还有很多,任重而道远呢。

  长江中路真的到了非改不可的地步了,对这样一条有着悠久历史的重要道路,有关部门一定要充分论证、整体设计、精心施工,让它重新焕发活力。其实我一直在避免使用"打造"这个词,因为太多的人为打造后的结果让我明白,一条路不需要那么多的噱头和目标,只要街面清爽、交通顺畅、商铺林立、人气旺盛就很好。

  如果说九年前我对长江中路寄予了极大的热情和憧憬的话,那么今天更多的则是忧虑和思考。这么些年来,真心对待它、为它好的人太少,而普通市民除了说几句气话、发几句牢骚,也没有太多的办法,更多的人已经不愿意多说什么,在他们看来,说了没有什么用的话,还不如不说。

2017.9

一条叫虞乡的路

又是一年,算起来在位于北二环附近的办公区上班已经有两年的时间了。北二环新蚌埠路以西叫砀山路,我们单位是砀山路10号,这个门牌号似乎是和另一家单位共用的。虽然是砀山路10号,但单位并不在砀山路上,单位大门距离砀山路一百多米,所以这个门牌号有些牵强。

其实我们单位的准确位置是嘉山路与虞乡路L形路口的那个角上。嘉山路南北向,虞乡路东西向,从南边来的车走到我们单位门口往西拐,就是虞乡路。

显然虞乡路是在砀山路之后才有的,不然也不会自己家的人上了别人家的"户口"。据最早一批入驻的同事说,他们2003年到这里上班的时候,虞乡路还是一条小路,似乎还没有铺柏油,单位周围都是被征了的农田,有大大小小不少的池塘,紧邻着单位东边就有一个比较大的池塘。单位的西边还有两户农家,住着的似乎是老人,不知道是钉子户还是临时暂住。

那个时候回迁房正在建设,隔着虞乡路的住宅楼建好了之后,一千元一平方米还送大彩电。现在想来简直就是一种传奇。

不过让我感兴趣的还是它的名字。

首先,虞乡路并不是它最早时候的名字,十几年前,在它尚未成为一条很像样的道路时,它的名字是灵璧路,而现在的灵璧路在它北边二百六十米处,是一条也不是太宽阔，还没有完全建成的东西向的路。这样的事情我是理解的，十几年前谁也不会预料到合肥会有这样一个高速发展期，因为一直循着用全省各市县名字命名道路的规定，急于把一些北方的市县名落地，便没有太多讲究，后来城市扩张得厉害，陆续动工修建一些更大更长的道路，便做了一些调整。连接新旧灵璧路的道路也是这样，它现在路牌上的名字是金池路，但在虞乡路上大的道路指示牌上，它的名字是下塘路，估计是有关部门没有及时改过来。

其次，为什么会叫"虞乡"？是因为之前这块土地就叫这个名字，还是有其他的原因？查了一下资料，虞姓是一个古老、多民族、多源流的姓氏，安徽的虞姓是后来迁入的，合肥不属于它的聚居地，因此这儿以前叫虞乡的可能性似乎不大。据说合肥虞氏的聚居地在小东门一带，那么这里会不会是他们的一个小型聚居点，村子的名字或许就叫"虞小郢""虞店"什么的？凡事一定都会有它的原因，既然我不能凭空想象一番，然后假托路边某个大爷对我说了某些似是而非的话糊弄一通，还不如暂且放到一边，等待以后有机会再考证。

在我的潜意识中，提到"虞"字，第一反应就是虞舜和虞姬。前者足够高大上，后者则笼罩着浪漫而血腥的紫红色，但这两位著名的人物似乎都与虞乡路没有丝毫的关联，即便用时下流行的穿凿附会、生拉硬拽的办法好像也很难如愿。不过，"虞"字除了人名、地名、朝代名和官名之外，还有防备、忧虑、欺骗、预料等含义，古时同"娱"，安乐的意思，这倒让我生发出一些兴趣，因为这几层意思我在虞乡路似乎都感受过。

先说"防备"，一个人但凡到了一个陌生的地方会有所防备应该属于正常的状态，但我的防备心理却是在一年之后形成的。那时候单位大门口还是一路公交车的终点站，某日乘车回单位的时候，把一个笔记本电脑包丢在了座位上，包里没有电脑，只有两本书、一个读书笔记本。它们对于别人或许没有什么价值，但对于我却是一个打击。尽管这件事在当时省城文化界弄出很大动静，但包最终还是没有找到。在我的印象中，由于邻近终点站，当时车上人很少，隔着走道有一个小伙子，挺精神的,我打电话提前离开座位,能够看到座位上包的只有他。因为在终点站下车的大多住在虞乡路附近,因此我对这条路上的人便多了一点想法。

再说"忧虑"。朋友们知道我喜欢收藏扑克,出差旅游的时候时常会带几副当地的风景名胜扑克给我。朱兄尤其上心,每到一处必定留心搜寻。2017年秋的一天,接到朱兄电话,说他正好到北边有事,顺路把这两年积攒的一堆扑克牌带给我,当时我正在外面办事,接到电话后赶紧往回赶。等到我近一个小时后回到单位时,见到的却是一脸无奈、两手空空的朱兄。原来他站在虞乡路边等我的时候,因为要看手机,便把纸袋放在身后地上,等到他看完手机回头看时,包已经不见踪影。这时候他想起刚才有一辆电动车从身边发动离开。他赶紧四处寻找打听,无奈现场没有目击者,也没有监控,于是十几副扑克牌和一些食品就这样消失了。尽管事情不大,我也一个劲地说"没关系,谢谢",但是朱兄依然很沮丧和不解:怎么会?怎么可能?其实我心里也不是滋味,不仅是为那些扑克牌里朱兄的一片心意,也为虞乡路因此产生的负面影响,毕竟它是我工作的地方,我不想让别人用一种另类的眼光看待它。

至于"欺骗",实际上只是一种感觉,也不是仅仅在虞乡路这个地方能够感受到,所以不说也罢。

最后说说"预料"。在我看来,这条三百米长的虞乡路不算长,也没有什么特色,但是它有足够的人气和一个可以预见的发展与提升的机会。未来的虞乡路,或许依然是后街,但随着诸多结构和细节的改变,整体的感觉一定会慢慢好起来,毕竟向善向好是一个大趋势。

就在我以为这篇文章已经比较成熟的时候,某日打车从金池路由北向南回单位,发现一个很大的指示牌,上面赫然写着"杨庙路"三个大字,敢情这一带的路都有两个以上的名字啊!或者是有名有字,或者是有名还有曾用名,太有特色了。不过关于灵璧路这个曾用名,我倒是有一个新想法,兴许是我的同事记忆有误,因为现在的灵璧路紧邻我们单位的后边围墙,而虞乡路的曾用名应该是"杨庙路"。

想来也真是庆幸,如果有关部门手脚勤快一些,我哪里能这么方便地了解到这些路名的演变过程呢？只是那些初来乍到的人,千万不要轻信那些一本正经的路标,老人们不早就说过了吗？路在嘴上。多打听打听,才不会走错了道。

2018.3

凤梅是谁？

——合肥 K3 路公交车站名漫想

等车，时间长了不免无聊。无意中发现 K3 路公交车的几个站名颇有些意思，于是挑几个感兴趣的琢磨一番。

从北向南第二站是"老四房"，查了一下，这是老地名，过去这个地方应该住有一家四兄弟，很有些声望或财富，或者这里曾经有四座大宅子或四间大房子。总之，"老四房"是一个让人联想丰富的地方。

原以为第三站"上何岗"写错了一个字，因为如果是"上河岗"似乎好解释得多。后来查了一下，有"何岗"这样的地名，如此，强调是"上何岗"似乎也就好理解了：大约在何岗附近。

第五站"下周"有点搞笑，其本义或许是"下周村"一类的地名，但去掉"村"字，便有些费解和搞笑了：你去那里？下周。——啥意思吗？急吼吼的，好像人家都去上周似的。

第八站"金皖"应该不会是烟厂花钱冠名的，但"金皖"实在是太通俗好记了，只是生活在那里的人们有些尴尬：又不是瘾君子，整天住在"金皖"里干吗？

"凤梅"是谁？是一个女子，还是一种梅花？怎么又会成为一个地名？或者就是一个人,一个很有故事的女人;或者就是一棵梅花,很老很大很有名气;或者什么都不是,就是一个普普通通的地名,多少年来大家就是这么叫的。可我总觉得这里面有故事,其实我也知道很有可能是因树得名,但万一是因为一个人呢?有时间再去打听打听。

相比于第九站"凤梅",第十一站"仓房"要好理解得多,富人家的仓房,土地肥沃的好地方,不管怎么说都是一个财富聚集的好地儿。

想来老地名又何尝不是一个大"仓房"?打开它们的大门,会发现很多的历史掌故、传奇传说……

2018.11

夜未央，且待我们细细想来

很多时候，你对一个地名很熟悉，但是从来没有去过，于是这个地名就成为一个符号，留在记忆的深处。"卫杨"就是这样。只不过在合肥人口中，它读类似"未央"的音，以至于很长时间里，我都不太明白它的含义。现在我知道了，它和许多乡村一样，源自村子里"卫""杨"两个大姓。

卫杨后来改为"卫扬"，据说是取发扬光大之意，而改名者就是著名抗日将领、军事家卫立煌。卫立煌生于1897年，1960年去世，今年是他诞生120周年。9月，当站在刚刚复建的卫立煌故居的炮楼上极目四望的时候，我心里的感觉有些复杂。

其实我很早就知道卫立煌这个名字，小时候听母亲说起过有关他的一段民谣，知道他是一个个头不高、热心教育的民国时期的大官。父亲后来有一位同事是卫立煌的亲戚，曾和卫立煌有过接触。他多次和父亲聊起卫立煌晚年的一些事，其中的一些细节至今仍然让人唏嘘不已。

后来又多次听说卫立煌喜爱和关心庐剧，20世纪50年代曾和张治中一起努力，让庐剧走进中南海，为毛泽东、周恩来等领导人演出，为家乡地方戏的宣传和发展做出了很大贡献。尽管那时候我对庐剧和地方文化基本无感，但我能感受到卫立煌等人对家乡的那份感情。

多年前，卫立煌的故居毁于一场火灾，仅剩一两间偏房，但是我现在看到的却是一座完整的建筑,这让我对文物修复有了一种新的思考。据说故居是在原建筑地基上根据一些老人的回忆修复起来的,这种思路和做法无疑是正确的,我想,所谓"修旧如旧",最起码的一点就是恢复旧时的模样,唯有如此才会有意义和价值。

如果说卫立煌故居的修复是一件很不错的事情,那么其表兄宋世科的故居被基本完整保留下来简直就是一个奇迹。它不但与卫立煌故居、吴氏炮楼形成呼应之势,更为卫立煌故居的完好修复提供了参考,也让参观者对卫立煌故居增加了心理上的认同感。

这真是一件值得庆幸的事情。

百年沧桑,悲欢离合。当人们再次将目光聚焦于卫杨这块土地的时候,自然是对这里的名人资源的保护、开发和利用,那么应该如何保护?是仅仅将被保护的建筑完完整整地修复好,还是连同周边的环境一起进行规划保护?在我看来,一座失去原有环境的孤零零的"文物"是有问题的,在一批新建的钢筋混凝土的建筑中,有些格格不入,似乎更显得有些多余。名人故居尤其如此,卫立煌是从农村走出来的一名军人,如果在他故居的周围没有民居和农田,那就没办法让游客真正了解卫立煌早年的生活环境,以及发达后修建的宅子的高大气派,从而也就不能够比较全面正确地认识和了解卫立煌这个人。

记得十多年前去广东翠亨村参观孙中山先生故居的时候,见到的就是一个比较完整的旧时村落,而分布在故居周围的那些民居里有一些说明文字,还有民俗用品展示,感觉很是自然和谐。咱们浉河镇是不是也可以借鉴一下这个思路?我也注意到浉河镇的有关部门在此次大建设之前很用心地拍摄了大量音像资料,如果能在故居周边将民居的一些场所展示出来,那无疑更加圆满。

在我的想象中,在卫立煌故居与宋世科故居之间应该有一条乡间小道,充满着自然风光,人们在欣赏和体验过程中,不知不觉就到达了目的地。行车的大路自然也要有,但一定是在外围,以不影响故居整体风貌为宜。

当然这样一些设想付诸实施是有不少困难的,相比之下推倒重来要简单方便得多，但也正因为此，它们的价值和吸引力会截然不同。这么些年来，我们毁掉了许多真文物，建起了一大批假文物，而在这一毁一建之间，显示出的是无知盲目、急功近利。

现在越来越多的人感慨合肥建设的步伐太急也太快，乒乒乓乓整个一个推倒重来，旧街巷老建筑几乎被完全抹去。如今在城市的东南边，居然还有这么一组建筑存在，的确是太值得庆幸了。我在见到它们的那一刻，心情无疑是激动的。同时，我还想到了一个词：敬畏。因为唯有敬畏，我们才会从多方面考量筹划，然后再动手；唯有敬畏，我们才能本着对历史和未来负责的态度，把事情做好。

我想，估计现在大多数合肥人和我一样，对卫立煌这位老乡的了解和认识止于皮毛。如何能够在让淝河镇成为一个旅游热点的同时，让更多的人了解和认识卫立煌不寻常的一生，是一个不小的挑战，也是一个严肃的命题。

忽然想到，我不知道合肥人在将"卫杨"读成"未央"的时候，是否意识到其中或许隐含着某些东西？因为"未央"这个词，既有"不久，不远"的意思，也有"未尽，无已""无边无际"的意思，而淝河人现在所面对的状况，似乎就是这样：要说简单，的确是不难，很快就能完成；要说不简单，也的确是一件很不容易，也不是很快就能做好的事情，其意义则更是超乎事情本身，也不仅限于这一时一地。

当然"未央"一说自然是一种歪解，但对于"卫杨"明天的期待却是真实真切的。

夜未央，且待我们细细想来。

2017.11

庐江记忆

我估计将自己所有关于庐江的记忆都说出来，会让人笑话，因为它实在是太少了。但这些不太多的记忆却是我一直没有忘记的，这又让我感觉它们并不是那么平淡无味。总是在记忆中，始终没有忘却，自然有它的理由，有它不同寻常的一面。

但凡记忆深刻的东西，无非是人和事、一些经历和故事。对于庐江，也是如此。小学五年级的时候，右腿遭遇过一次骨折，班长来看我的时候，带来一位新转学过来的同学，因为他的新家距离我家非常近，又因为我有好一段时间的恢复期，所以我们自然就成了非常铁的哥们儿，很长一段时间里，他都会提前到我家等我，然后我们一起"勾肩搭背"地去上学。这样很铁的关系延续了好几年，在他遭遇非常困难的时候也没有改变，用现在的话来说，我们都很够处。

他的父亲当过兵，后来转业到地方工作，但乡音很重。后来我知道他们家是庐江的，不过听上去似乎是"鱼江"，不但和普通话不一样，与合肥方言也有不小区别。

率性、时尚、前卫，尽管都是相对于那个时代而言，但这样的同学还是让我的生活发生了不小的改变。现在看来，他做的一些事都是我想做而不敢做、不会做的，尽管老师和他父母都希望我能改变他，实际上我们是互相改变着，属于那种让所有人都比较放心的良性状态。

现在想来，他应该不算典型的庐江人，但他和他的父母、姐姐却让我对庐江人有了颇为深刻的印象。

三十年后,当我因为工作关系,与另外一位庐江的同行有过一段比较密切的接触之后,我对庐江人有了一些新的看法:踏实、专业、持之以恒,把自己的一份工作做得有声有色。

当然最让我难忘的是他的儿子,一个并不是特别强壮高大的青年,凭着自己的聪明才智,从庐江出发,最终去了德国留学,这在当时是很了不起的事情。在我和同事的一再要求下,我们和那位精明帅气的小伙子见过一次面,满足了好奇心的同时,也生发出不少感慨。

因为整日与书打交道,我对图书的出版、发行和收藏方面的事情自然会多留意一些。一个偶然的机会,我了解到一位文史界传奇人物——刘晦之,晚清重臣、四川总督刘秉璋之子。不过他闻名于世并不是因为他是名人之后,也不是因为他父亲刘秉璋与李鸿章关系很好,他从小能够到天津李鸿章的家塾,和李家的孩子们一起读书,结识了不少李氏门生、故吏及其子弟。当然,如果说与这些一点关系也没有也是不对的,因为有了这么一层关系和经历,他才会有机会见识故家旧族多年秘不示人的典籍和宝物,而这些对他日后从事银行业和酷爱收藏有着一定的影响。

刘晦之的藏书不仅数量多达10万册,而且还非常有特色,以明清精刻为主,亦不乏宋元古本,其中各地的地方志有1000多部。尤其难得的是《四库全书》中被当时四库馆臣们删改过的书,他必须收得原来的旧本。他立志要把《四库全书》中"存目"之书,依目录统统收齐,收不齐就借来抄录副本。因此,在他专门为藏书而修建的小校经阁里,长年雇着十几名抄书、校书的工匠做这项工作。

据说刘晦之的藏书分装在500只特制的书箱里,打开书箱箱盖,上面罩了一层细细的铁丝网,这是为了在通风透气时防止老鼠钻进去而特设的,可见其爱惜藏书之深。

不过让刘晦之名扬海内外的还不是他的藏书,据说他收藏的文物堪称海内一流,尤其是龟甲骨片和青铜器的收藏,几乎没有人能与之相比。据统计,我国大陆现存的龟甲骨片总共9万余片,分布在95个机关单位和44位私人收藏家手里,而刘晦之一个人就收藏了2.8万片。

1936年郭沫若亡命日本时,刘晦之知其博学多才,就将自己历年所收集的龟甲骨片,请人拓出文字,集为《书契丛编》,分装成20册,托人带到日本,交给郭沫若,供其研究。郭沫若从中挑选了1595片,研读考释,著成了甲骨学上具有重要意义的《殷契粹编》,在日本出版。郭沫若在书序中感叹道:"刘氏体智所藏甲骨之多而未见,殆为海内外之冠。"

1949年之后,至1962年去世之前,刘晦之先后把100盒甲骨、500箱图书、20箱130件上古三代及秦汉时期的兵器等,全部捐献和出让给国家。我们无从了解老先生当时的心情和想法,任何的臆想和猜测也没有什么意义,作为一名收藏发烧友,我看到的是一位大收藏家的至高追求和完美结局。而对于收藏者来说,这是一个方向和境界。

在庐江,你可以看到周瑜高大英武的塑像,可以找寻到清朝海军提督丁汝昌、抗法名将刘秉璋、援朝统帅吴长庆和抗日名将孙立人的遗迹。不过在我的潜意识里,庐江不但是一座熟悉而陌生的地方,更是一个与我有着千丝万缕联系的地方。那些来自岳母家族亲戚的夹杂着浓浓方言的问候,他们这些年打拼创业的经历,以及那些"小红头"一类的著名地方小吃,一下子将我和庐江拉得很近。

这几年每次去庐江,与庐江的朋友交流,总会有一种很强烈的感受:这块土地,这块土地上的人们,慢慢地打开大门、敞开胸怀,在融入新合肥的同时,为愈来愈多的人们所认识和了解。人们常说人杰地灵,在新建成的庐江名人馆,当你面对数百上千位庐江历史名人时,你会有一种感动乃至震撼。同时很自然地,你会对庐江这片土地刮目相看。

2018.8

和父亲聊庐剧

傍晚去看父母，由庐剧折子戏《卖洋纱》起头，和父亲聊起了有关庐剧的话题，没有什么目标，想到哪就聊到哪，遇到有些不明白的地方我会再问一下，有些东西即便问过了也不是太明白，姑且记下来，算是留下一个线索。

自发整理庐剧

父亲早年从事文化管理工作，整理庐剧剧本完全是出于个人喜欢。1958 年遭遇厄运后，父亲开始专业地整理和创作剧本。

整理传统剧本的流程是，首先将老艺人的口述记下来，通过对各个戏班演出本的比较，确定好整出戏的架构，然后进行文字的加工。整理好了之后再征求老艺人们的意见，再加工修改，如此反复几次后，正式定稿。

父亲整理过的庐剧传统戏（折子戏）有《皮氏女》《白灯记》《胡迪骂阎罗》《点大麦》《卖洋纱》等。

《皮氏女》由董桂兰主演。

《点大麦》由董桂兰、张月楼主演。

《卖洋纱》由胡元林、花叶甫主演。

《点大麦》填补空白

20世纪五六十年代,每次中央领导到合肥来,基本上都会在稻香楼宾馆看戏,京剧、徽剧、黄梅戏、庐剧等每个剧种演一出折子戏,黄梅戏一般都是由严凤英出演,而庐剧却常常苦于没有合适的本子。针对这种情况,父亲于1962年6月底请庐剧老艺人王月桂口述,然后"去芜、补漏、充实、提高",整理出庐剧折子戏《点大麦》,后来庐剧团再去稻香楼演出,基本上都演《点大麦》。有一年,毛泽东主席到合肥来,张治中先生陪同他观看了《点大麦》,其间还不时就剧情和方言等为他做一些说明、解释。

庐剧版《郑成功》

父亲在整理传统剧本的同时,也创作了不少庐剧剧本,其中有短剧、折子戏,也有像《郑成功》这样的大戏。相比于后来的京剧剧本,庐剧版《郑成功》唱段更多一些。1962年,《郑成功》演出前的所有准备工作都已经完成,作曲蒯建生是我父亲的同学,他花费很多精力,为全剧谱了曲子。后来因为"四清"运动开始,排练工作被迫停了下来。

作品失而复得

"文革"开始后,文化局的造反派抄了父亲在局里的办公室,将父亲创作整理的十几个剧本全部抄走了。父亲非常着急,回到当时工作的市庐剧团,和一帮年轻演员说了这件事。第二天晚上,这帮年轻人跑到市政府二楼的文化局,找回了父亲的部分剧本,其中有《郑成功》《下乡之前》《皮氏女》《点大麦》《卖洋纱》,而《白灯记》《胡迪骂阎罗》等剧本没了踪影。

《白灯记》又名《孙继高卖水》，因为川剧同名剧目影响大，称为"大卖水"，庐剧《白灯记》俗称"小卖水"。演员熊学珍曾经以其中的一折参加会演，获得三等奖。

痛失庐剧剧本

最让父亲感到痛惜的是，一套十几本的庐剧传统剧本在"文革"中全部丢失了。这套剧本是省市多位剧作家和老艺人通力合作的成果，具有极高的史料和艺术价值。"目前估计很难找到拥有这批剧本的人。"父亲非常惋惜地说。

我见过一套甘肃的地方戏剧集，四本一套，十来岁右腿骨折的时候看过一遍，现在也不知道搞到哪里去了。但那套剧本是正规出版物，如果想找还是会找到的。但庐剧那些剧本没有正式出版，丢掉了或许就永远没有了。

错失发展机会

20世纪50年代，庐剧和其他地方戏一样迎来了难得的发展机遇，但是很可惜的是，相关部门没有组织人员整理出几部庐剧大戏，演出《梁祝》的时候，用的是越剧的本子。如果将庐剧传统戏里同样题材的《柳荫记》加以整理，无疑会丰富庐剧的剧目。

父亲回忆说，当时庐剧并没有专职的创作人员，整理工作也都是各方面人员"兼职"所为。

折子戏《秦雪梅观画》曲调优美，演出效果很好，但是整本剧本《秦雪梅吊孝》一直没有得到很好地整理，这是一件很可惜的事。

相比于剧本的整理和创作乏力，庐剧在演员的培养和宣传上也不够广泛有效，致使一批很优秀的演员没有得到很好的发挥和发展。

2017.9

蔡大嫂这样的合肥女人
——庐剧剧本《卖洋纱》读后

初秋的时候,我在父亲的书房里发现刻写油印的庐剧剧本《卖洋纱》,标注日期是 1962 年 5 月 10 日,连忙用手机拍下。我知道父亲的脾气,他感觉不满意不成熟的作品是不会拿出来的,从他把这薄薄的油印本翻找出来这点来看,他是有重新整理的打算,而我要的却是原汁原味,哪怕有些瑕疵或者有一些不合适、不完美的地方。

稿子是侄女爱闻录的,这孩子还真不简单,繁体字、异体字乃至错别字居然大多都被她认出并改正了。相信通过此次对几个小剧本的录入,她对合肥的地方文化,对祖父的戏剧创作,会有一些了解,而这对她以后的学习和教学实践无疑都是有所帮助的。

言归正传,说说我对《卖洋纱》这出戏的理解。

了解这出戏的人估计会对我将"蔡大嫂"确定为"合肥女人"有些看法,因为在这出小戏里并没有什么地方明确说蔡大嫂和陈小二是合肥人。我之所以有些武断地确定两个人物是合肥人,是根据戏中的一些唱词和对白,同时因为是庐剧,所以这些理由便显得不那么牵强,当然他们或许是广义上的合肥西乡人。

蔡大姐是纺纱女，陈小二是织布郎，一个到街上卖洋纱，一个到街上买洋纱。尽管两人的戏份相当，但蔡大嫂的形象更为生动饱满一些，充分展现出合肥女性的外貌与个性。通过对蔡大嫂这个角色的分析，我们大致可以看出合肥女性的本质品性和性格特征。

戏剧一开始，蔡大嫂登场便唱道："清早起来冷哈哈，梳油头来戴红花。手拿笤帚扫地下，地下扫得清爽爽。"紧接着，她便开始工作了："端起小车纺细纱，新打车子套草料。插上锭子浇上油，校校小车滑溜不滑溜。左手抽，右手摇，抽抽摇摇细匀条。"

纺好了纱需要拿到街上去卖，然后再买回棉花，于是"我把细纱手中拎，早到大街走一程；蔡大嫂子出门庭，回首带关两扇门；丁条搭门鼻上，三簧小锁安那中心。蔡大嫂往前奔，急急忙忙趱路程；今天纱价卖得好，买花买米转家门；小金莲踢开八折紫罗裙，风刮杨柳来得快……"不难看出，蔡大嫂是一位"崭括"利落的女人。"崭括（读类似 guō 音）"是合肥方言，多指女性穿着打扮清爽大方，说话做事干净利索，而蔡大嫂的言行举止，无疑是极为契合的。

"崭括"的女人大多是性格使然，也有的是命运所逼、生活所迫，不得已而改变。如同现在的女强人，表面上风风火火，气场很大，转过身去，没准又是一番无奈与辛酸。蔡大嫂丈夫是做什么的？有几个孩子？我们都不知道，但我们知道的是她"田不做，地不耕，全靠纺纱过光阴"。但纺纱也不是人们想象中的轻巧活，"一天只织四两线，两天才纺半斤纱。三天倒纺十二两，四天才纺一斤纱（过去的十六两制）"。于是她禁不住叹息道："纺纱之人真正苦，哪天不纺到三更鼓？腰酸手痛头发晕，不敢停车稍歇停。"非但如此，"花行多刻薄，纱行又扣秤；买花卖纱气煞人，懒上大街又不行。……三天不把长街上，米草油盐怎得进门"——分明一曲《纺织谣》，说尽纺纱女的辛苦与无奈，极具白居易《卖炭翁》的意味。而吃苦耐劳无疑是蔡大嫂这样的合肥女性的又一个特点。

当然，悲苦凄凉并不是《卖洋纱》这出戏的主格调，轻松风趣、互谅互让才是整场戏所传达的主题。

蔡大嫂和陈小二柳林偶遇,斗嘴打趣,自我介绍后才发现双方都是闻名乡里的"名人"。整个过程,语言俏皮,轻松幽默。

一个要卖纱,一个要买纱,自然顺理成章地做成了生意。交易过程中,先是蔡大嫂故意捣乱,把纱往下拉,把砣往上托,弄得陈小二有些手忙脚乱。然后两个人为重量和货款的多少你争我吵,闹腾得不亦乐乎。蔡大嫂伶牙俐齿,陈小二一嘴小讲,两个人旗鼓相当,难分伯仲。

终于两个人都有些恼羞成怒,蔡大嫂说她的纱卖巧(便宜)了,陈小二说蔡大嫂纺的纱不很匀:"粗的赛耕索,细的赛蛛纱,中间还有疙瘩头子纱。"话讲到这份儿上,气氛就有些不对劲了。

蔡大嫂情绪急转直下,诉说起纺纱女的艰辛:

"你讲我纱不很匀,我把实话说你听:纺纱人有多苦,哪天不到二更半三更鼓?头又痛,眼又花,心难过,肺作炸,孩子床上要奶吃,肚中饥饿身发麻,因此上才有疙瘩头子纱。"

尽管讲的都是实情,但也不能不说蔡大嫂是一个很机智的女人。适时示弱,以退为进,既可以缓解矛盾,也可能扭转不利局面。显然,蔡大嫂做到了。

陈小二听了蔡大嫂这么一番诉说,果然很是同情:"纺纱之人苦处深,织布之人也同样情。将心比心体谅你,疙瘩头子纱不要紧。"二人的矛盾随之云消雾散。剧情随之又回到轻松欢快的基调上来,因为有了一份理解,所以多了一些真诚,蔡大嫂勤俭持家、会过日子,更是让陈小二心生敬佩。整出戏也在这样和顺友好的气氛中落下帷幕。

通过《卖洋纱》这个剧本,我们不难看出蔡大嫂这样的合肥女人不但"崭括"利落、吃苦耐劳,而且伶俐机智、明晰事理。这样的女性,在老艺人的口口相传中,在父亲的笔下,在合肥地区的舞台上,是那般翠艳,那般熨帖人心……

2017.10

桌上叫添酒，厨房在摇头
——《讨学钱》精彩唱段赏析

《讨学钱》可谓是庐剧经典剧目，既然是经典，那一定是要有经典的剧情、对白和唱段。在我看来，《讨学钱》的经典在于它的唱词，这与它被传唱多年，又经过著名戏剧家金芝的精心整理有着很大关系，当然更与著名庐剧表演艺术家王本银的精彩表演分不开。

王本银生于1906年，1990年10月去世。我有幸看过他晚年演出的《讨学钱》，老先生收放自如、炉火纯青的表演给我留下了很深的印象。尤其是他扮演的塾师贺老先生，与东家陈大娘子围绕他的待遇问题展开的争辩，可谓妙语连珠、精彩纷呈。

当陈大娘子说"我哪一天不给你三顿上熟米干饭"的时候，贺老先生显然有些无可奈何："提起你家饭，真正气死人，一进你家门，稀粥一大盆，瓢在当中打，浪起四面行，伸过头去望一望，盆里头清清楚楚照见我老先生。心里想不吃，肚子实在饿生疼，先生忍耐吃几碗，'一箪食，一瓢饮'，老先生肚子胀得像个洗澡盆。"

其中"瓢在当中打，浪起四面行"生动形象、活灵活现地反映出陈大娘子的吝啬和贺老先生的软弱迂腐。

陈大娘子见状连忙转换话题说:"除了干饭我不讲,隔不到三天就有荤。"一听此话,贺老先生更是气不打一处来:"提起你家荤,气死我老先生,一年四季见不到你家一个小肉丁。"这时陈大娘子提醒道:"别讲瞎话,九月初九不是买了肉吗?"贺老先生显然也是想起来了,但是不提便罢,一提反而气更大了,因为就那么一回,也是东家怕人家议论做做样子的,而且其中的种种细节,实在是让人哭笑不得:

"你丈夫东家案子赊四两,东家娘子西家案上赊半斤,回家挂在门鼻上,东家娘子肉量小要炒四两,陈大爷肉量大要煨半斤,炒四两,煨半斤,共计只称十二两,你叫先生吃什么荤?剩下点骨头骨脑摆在桌子上,大儿子也是抢,小女儿也是哼,又是抢,又是哼,老先生肋巴骨被你家儿子捣生疼!父子亲,夫妇顺,你一大家子吃肉挂我老先生名,老先生说出来看你可丢人!"

至今我都清晰地记得王本银在唱"狗子望它咬,猫子望它哼"时的腔调和神态,充满了滑稽与无奈。他的那般做派与神态,大多数演员是做不到的。的确,有些东西不是你想学就能够学会的,那些看似简单的一招一式,在不同演员那里,会呈现出截然不同的效果。就如同同样简单通俗的语言,在一般人那里,往往是那么苍白无味,而在名家的笔下和口中,则是如此妙趣横生。

"剩下点骨头骨脑摆在桌子上,大儿子也是抢,小女儿也是哼,又是抢,又是哼,老先生肋巴骨被你家儿子捣生疼!"一幅多么生动搞笑的画面。而这样的风格,在接下去的有关酒、汤和腥的争论中一直延续着。

"提起你家酒,真丢你家丑,鸡蛋大的壶,装不到二两酒,一转没到头,壶中就没酒,桌上叫添酒,厨房在摇头,东家娘子你做事真'猴头','丙子丁丑,壬子癸丑,甲子乙丑',东家娘子做事不顾丑,装一壶焐锅水,当作热烧酒。"

"讲到你家汤,实在真肮脏,大椒也是汤,苋菜也是汤,南瓜汤,葫芦汤,咸菜汤,没有汤你就撒点'米饮汤',不问好歹叫我一肚装,你把我肚子当作'浓水缸'。"

"提起你家腥,气得我冷汗淋,只有那一回,东家娘子你把那臭鱼对家拎,老先生我伸头看得清,屁股连眼睛,只有一寸零三分,寸半长死缸皮,要我吃三顿,还要我留点鱼尾巴晚上算顿腥。"

"桌上叫添酒,厨房在摇头",多么具有画面感。

"大椒也是汤,苋菜也是汤,南瓜汤,葫芦汤,咸菜汤,没有汤你就撒点'米饮汤'",多么痛快到位的数落。搁在今天,简直就是一个段子。

"屁股连眼睛,只有一寸零三分",多么辛辣的讽刺。用这点大的臭鱼待客,估计也只有葛朗台之流才能做得出。

当然最为夸张有趣的是陈大娘子和贺老先生关于"皮丝烟"的争论。一个说:"天天给你皮丝烟吃该不假吧?"一个充满嘲讽地说:"你家的皮丝烟才便宜呢!"

"提起你家烟,气我大半天,好烟耽价钱,尽买那臭烟,三个钱买了一大堆,买的说不要,卖的还要添,不要不要添几铣!一要烟袋通,二要装得松,三要紧紧拔,还要迎着老东风,老先生喉咙燋(qiāo)得像个破烟囱。"

既要烟袋十分通,又要烟丝装得松,点着还要迎着风赶紧猛吸几口,这样的"烟"抽起来也的确是太痛苦了。过去的男人大多爱这一口,哪怕吃的喝的住的差一点都没什么关系,只要能够抽上几口就行。东家娘子居然连这个钱都舍不得花,也就不怪贺老先生会撕破脸皮,在大年三十上门去讨要工资了。当然,作为观众,我们会因为老先生抽烟时"一要烟袋通,二要装得松,三要紧紧拔,还要迎着老东风,老先生喉咙燋得像个破烟囱"而开怀大笑,因为这是艺术,与所谓的公道、正义没有什么关系。

2017.10

皖籍人物

他是一个传奇
——隋朝科学家耿询

天资聪慧,智力超群,曾为谋士,后被推举为王,接下去的人生如过山车一般,被贬为家奴,最后居然又被放为良民,做了官。这样的人生经历,说是传奇应该一点也不为过。

关于耿询,根据现有资料,我们知道他字敦信,安徽当涂人,知道他所处的年代是隋朝,可我们不知道他具体的出生时间,不过从陈后主(582—589年在位)时他"以客从东衡州刺史王勇于岭南"这句话可以推测,他的出生时间应该在6世纪中叶。

关于耿询是一个怎样的人,《隋书》用了"滑稽辩给,技巧绝人"八个字概括,即言辞流利,能言善辩;技艺高超,巧夺天工。应该说这是很高的评价。

但是,就是这样一个奇才,却是一生坎坷、厄运不断。

早年他随王勇在岭南做事,由于才华出众,在当地的少数民族中积累了一定的人脉基础,因为如果不是这样,那么在王勇去世、陈朝灭亡之后,就不会有众多当地百姓推举他为王,与隋朝统治者对抗。作为一个地方武装,显然他们的力量是薄弱的,而他们的对手又过于强大。一个聪明人未必是一位好的统帅,结果自然就是被隋朝军队统帅(上柱国)王世积打败,而耿询所面临的则是杀身之祸。

生死攸关的时刻，耿询凭借他的伶牙俐齿，努力自救。他一定是将他的才能逐一展现了出来，他一定是让所有倾听者都不约而同地做出了有利于他的判断，否则以他当时的处境，他是很难保住生命的。

性命终于保住了，但境遇还是很糟糕，尽管我们对隋朝的一些制度并不是十分了解，可单从"家奴"这两个字，就可以想象耿询过的是怎样一种生活。他活着，但他是没有多少自由的奴隶，他的性命掌握在他的主人手里。对于耿询来说，这样的日子是何等不堪。

但成为奴隶的耿询显然没有消沉，他很清醒，明白自己要想活下来，就必须想办法，尽力为自己争取一定的自由度和活动空间。后来，他遇见了故交（自然也是高人）高智宝。当时高智宝因为在天文学上的才智，被朝廷召用。耿询拜高智宝为师，学习天文和数学。

耿询的聪明才智注定他不但学得很好，而且很快便超越了老师。他创造了浑天仪，不需要人动手，而是巧妙地运用流水的动力让它运转起来。他把浑天仪放在一个暗室里，请高智宝观测天时，竟然十分地准确。王世积显然是一位爱才之人，他"上奏高祖使，给使太史局"，给他调整岗位，人尽其才。耿询显然遇到了好人，他的身份也因此由"家奴"变为"官奴"。

后来，耿询被隋高祖杨坚赐给了他的第四个儿子蜀王杨秀，并随杨秀前往益州。杨秀性情暴烈，奢靡骄纵，但对耿询却很好、很信任。这对于耿询来说，自然是一件很幸运的事情，但谁又能料到，这样的"幸运"背后，埋伏着怎样的凶险？仁寿二年（602年），杨秀遭杨广等人诬陷使用巫蛊诅咒文帝及幼弟汉王杨谅，被剥夺官爵贬为庶民软禁起来后，耿询又一次面临杀身之祸。

关键时刻，隋朝著名的工艺家、建筑家何稠出面力保耿询。

何稠可是一位了不得的人物，他从小聪明伶俐，善制工艺品。隋炀帝征战时，何稠在极短的时间内造桥筑城，传为佳话。虽然他因为帮隋炀帝制造助其淫乱的"任意车"而广受诟病，但因为才智过人，历经北周、隋朝、唐朝，均受到重用。

何稠慷慨直言:"耿询具备巧智,他的思维能力更是人世罕见,如果杀了他,我真是为朝廷感到可惜。"庆幸的是,隋高祖因此去除了耿询头上的罪名。

历经磨难的耿询没有被接踵而至的厄运打败,他继续自己的研究,又制作出马上刻漏(应该是一种路上的计时装置),"世称其妙"。

仁寿四年(604年)七月,隋炀帝杨广即位,耿询制作了一个欹器(一种计时器,类似沙漏)献给隋炀帝。隋炀帝是一位颇具人文情怀的皇帝,对于技巧绝人的耿询自然是青睐有加,耿询被"放为良民",一年多后,授右上方署监事。

至此,耿询终于摆脱了厄运。

耿询不但是一名聪明绝顶的智者,还是一位有见地和风骨的人。大业七年(611年),隋炀帝调集十多万大军征讨高句丽,期望以大军压境而令高句丽王胆寒,以求不战而胜,但他并没有在战略战术上做认真的准备。耿询发现此次征讨所存在的问题,提出异议,出面谏止。他随车驾至涿郡时,即上书隋炀帝说:"辽东不可讨,师必无功。"可以想象当踌躇满志的隋炀帝看到耿询的建议后,是何等震怒,立刻要将耿询问斩,耿询又到了命悬一线的境地。关键时刻,又是何稠苦苦相谏,才使得耿询免于一死。

总体看来,耿询的命运是坎坷不幸的,但关键时刻总是会有人因为他的才智,冲破偏见,保护举荐他;总会有人出面,仗义执言,使他免于一死。从这点来看,耿询又是十分幸运的。而这样的幸运,并不是每个人都能够遇到的。

话说兵败之后的隋炀帝显然认识到了自己的问题,对于耿询的忠诚自然也是肯定有加,提拔耿询为太史丞。耿询成为国家最高天文历法机构的一员,他的人生也进入佳境。在这之后的几年里,耿询做了些什么,史书没有更多的记载。他的著述《鸟情占》也没有留存下来,真是一件很可惜的事。

我们所知道的耿询的最后一个信息是:公元618年4月11日,隋炀帝为宇文化及率领的叛军所杀,混乱之中,很多人死于非命,九死一生的耿询这次也没能幸免。

今年是他遇难一千四百周年。

乱世奇才,坎坷一生,耿询的人生,留给我们太多的慨叹。

青苔黄叶满贫家
——唐代诗人刘长卿

刘长卿,字文房,唐代诗人。由于《旧唐书》《新唐书》等都没有他的专门传记,所以他的生平事迹有不少不确定的地方。历代研究者依据其作品及一些相关资料,通过作品中的只言片语推断,根据作品里的信息分析,找出一些生平线索,这很不容易。值得庆幸的是,刘长卿有一批反映其行踪的纪实作品,有不少同时代的诗人、官员作为参照物,这让研究者们为他整理出一个比较清晰的生平履历成为可能。

但即便如此,还是有很多地方存在疑点。比如大部分人都认为刘长卿是宣州(今安徽宣城)人,后迁居洛阳。但也有一些人认为他是河间(今属河北)人,又有人认为其郡望河间,也就是说他们家族不但在河间生活过,而且还过得很好。

相比于籍贯,刘长卿的生卒时间更是模糊,各种说法相差甚远。一般认为他出生于709—725年间,逝于786—790年间。

刘长卿的一生是比较坎坷的。他出生于一个文墨世家,家境一般,年轻时屡试不第,直到唐玄宗天宝十四载(755年)才登进士第,但是还没有揭榜,便爆发了安史之乱。756年,唐肃宗即位,刘长卿被任命到苏州下属的长洲县当县尉。因颇得上司赏识,遭人妒忌诬陷,被罢官下狱,这对初登仕途的刘长卿的打击无疑很大。所幸不久刘长卿遇大赦获释。

从刘长卿在这期间写的《下山》这首诗中,我们大致可以了解他当时的心情:清高、孤寂而郁郁不得志。

> 谁识往来意,孤云长自闲。
> 风寒未渡水,日暮更看山。
> 木落众峰出,龙宫苍翠间。

屡试不第,好不容易考中,还没有揭榜又遭遇战乱,初登仕途被诬下狱,刘长卿的确是很不走运。不过人生就是这样,有的人一帆风顺,有的人坎坎坷坷,有的人一辈子雨雪风霜,但是总体来说,始终顺风顺水的还是少数,更多的人都会面临或大或小、或多或少各种磨难,因此必须要有这个心理准备,在逆境中寻找平衡点,从而能够安然度过。与其说这是一种考验,不如说是一种能力的培养——心平气和,从容面对。

唐肃宗至德三年(758年)正月,刘长卿摄(代理)海盐令,但是再次遭受诬陷迫害,上元元年(760年)春,被贬为潘州南巴尉,虽然没去赴任,但这再一次的打击还是巨大的。

上元二年(761年)秋天,刘长卿回到苏州接受"重推"。历经动乱,原本富庶繁华的吴郡一带破败萧条,其仕途也是颇不顺利。几年漫游、赋闲后,刘长卿入淮南幕。

唐代宗大历五年(770年)以后,刘长卿历任转运使判官,知淮西鄂岳转运留后,因为性格耿直刚强,得罪了鄂岳观察使吴仲孺,被诬贪赃,再次遭贬,任睦州司马。

关于刘长卿两度被贬,有一段话很有意思:"长卿有吏干,刚而犯上,两遭迁谪,皆自取之。"按照现在的话讲,就是有能力更有个性,动辄顶撞上司,他两次被贬谪,都是咎由自取。话虽然不好听,但的确说到点子上了。目中无人,恃才傲物,在任何时候都不会有很好的结局。

在睦州时期,刘长卿与当时居处浙江的诗人李纾、朱放、崔载华、章八元、皇甫冉等有广泛接触,有诗酬赠。对于刘长卿来说,这样的唱和交往无疑是一种安慰,也给他的生活和诗歌创作带来一抹亮色。

经历了一系列磨难之后,刘长卿终于迎来了相对平静的时期,他在这时候的诗歌中,也呈现出了一些淡然恬静。

一路经行处,莓苔见履痕。
白云依静渚,春草闭闲门。
过雨看松色,随山到水源。
溪花与禅意,相对亦忘言。

——《寻南溪常山道人隐居》

唐德宗建中元年(780年),刘长卿任随州刺史,世称"刘随州"。

但是很快,动荡又起。先是山南东道节度使心怀不臣,后来淮宁军节度使李希烈割据称王,与唐王朝军队激战,几年之后,刘长卿见复职无望,离开随州。

落魄飘荡中的刘长卿生活是清苦的,心境更是凄凉的:

孤舟相访至天涯,万转云山路更赊。
欲扫柴门迎远客,青苔黄叶满贫家。

——《酬李穆见寄》

刘长卿晚年流寓江州,并曾再入淮南节度使幕。大约在贞元六年(790年),刘长卿去世。

纵观刘长卿一生,"晚登科第,身逢乱世,两遭贬谪,久栖江湖,官至刺史,未容建树"。人生如此,真是很不幸。刘长卿品性宽容厚道,为人干练而刚直,常为小人所嫉妒,也难免树敌贾祸,蹉跎一生。

> 对水看山别离,孤舟日暮行迟。
> 江北江南春草,独向金陵去时。
> ——《发越州赴润州使院,留别鲍侍御》

刘长卿工于诗,长于五言,自称"五言长城"。对于这点,尽管"时人许之",但也有人认为:"刘长卿七、五言稍觉不协,以李、杜大家及盛唐诸公在前,故难为继耳。"

刘长卿诗歌内容丰富,不事雕琢,自然流畅。《骚坛秘语》说:"刘长卿最得骚人之兴,专主情景。"其名作《逢雪宿芙蓉山主人》流传甚广,入选国家全日制学校教材。

> 日暮苍山远,天寒白屋贫。
> 柴门闻犬吠,风雪夜归人。

这首诗可以说是刘长卿的代表作,寥寥四句话二十字,运用白描的手法、朴实的语言,道出了浪迹天涯之人的艰辛与豁达。同时格调清雅淡静,意境悠远,韵味无穷,有很强的画面感。

不管是归人还是过客,刘长卿留下的是一串坚实的脚印,他也因此诗名长存。

欲作家书意万重
——唐代诗人张籍

很早就读过唐代诗人张籍的诗,最近又读,同时关注了一下他的生平,至少有两点让我印象深刻。

一是他对杜甫的崇拜程度,用"痴迷"二字应该不过分。据说他曾把写有杜甫名诗的纸一张一张地烧掉,然后把纸灰拌上蜂蜜,一天早上吃三勺。他说,吃了杜甫的诗,便能写出和杜诗一样的好诗了。传说或许有些夸张,但由此可见张籍对于杜甫,按照现在的话来说,绝对是铁粉。

二是张籍的诗,语言平白如话,却有着极高的社会性和极强的个性。他的诗和白居易的诗一样"意激而言质",但没有白诗篇幅长,避免了"尽、露之疵累"。

他在《猛虎行》里借猛虎影射当时的一些特权阶层无恶不作,人们敢怒不敢言,即便是一些有些胆量的人,也不敢碰他们。而揭露这种极不正常的现象,是需要很大勇气的。

南山北山树冥冥,猛虎白日绕林行。

向晚一身当道食,山中麋鹿尽无声。

年年养子在空谷,雌雄上下不相逐。
谷中近窟有山村,长向村家取黄犊。
五陵年少不敢射,空来林下看行迹。

另一首《野老歌》则通过老年山农的遭遇,揭露社会的黑暗与不公:

老农家贫在山住,耕种山田三四亩。
苗疏税多不得食,输入官仓化为土。
岁暮锄犁傍空室,呼儿登山收橡实。
西江贾客珠百斛,船中养犬长食肉。

几亩山田产出不多的粮食,交出去后并不被当作一回事地糟蹋了。家室空空,只好让孩子上山采野果充饥,而那些权贵富商家的狗,每天都是要吃肉的。这样的生活,这样的反差,怎能不让人愤愤不平?

张籍(约767—约830年),字文昌,安徽和县人,原籍吴郡(今江苏苏州),少时随父亲寓居和州乌江(今属和县),家世清寒,刻苦攻读。贞元初,张籍与王建同在魏州学诗,后回和州。贞元十二年(796年),诗人孟郊到和州探访张籍。两年后,张籍北游,和孟郊再次见面。后来经孟郊介绍,张籍在汴州认识韩愈。当时韩愈为汴州进士考官,对张籍十分赏识,极力举荐。

贞元十四年(798年),张籍在长安进士及第,元和元年(806年)调补太常寺太祝。在做太祝的十年间,张籍因患目疾,几乎失明,加之家境贫困,朋友戏称其为"穷瞎张太祝"。

张籍是中唐时期新乐府运动的积极支持者和推动者。他的乐府诗很多是反映当时社会的现实之作。其诗作语言凝练而平易自然,善于描述复杂的社会现象,勇于揭露各种社会矛盾和民间的疾苦,对重重压迫之下的妇女给予同情。张籍和当时的王建齐名,时称"张王乐府"。

张籍的《征妇怨》刻画出"边关将士全军覆没,遍地白骨无人收殓,故乡家家户户举幡招魂,妇人哀哀怨怨痛不欲生"这样一连串的画面,反映出战争给底层百姓带来的痛苦和不幸。当平淡而舒心的生活成为奢望的时候,那种凄楚绝望的感觉,可谓字字是血,句句是泪。

> 九月匈奴杀边将,汉军全没辽水上。
> 万里无人收白骨,家家城下招魂葬。
> 妇人依倚子与夫,同居贫贱心亦舒。
> 夫死战场子在腹,妾身虽存如昼烛。

如果能够怀抱婴儿依偎在丈夫的身边,即便是穷困一些,又有什么关系?如今,丈夫死在边关,自己肚子里还怀着遗腹子,痛不欲生的妇人感觉自己如昼烛之多余、之黯然失色。这是怎样的一种痛!

张籍和白居易、元稹等交往密切。他和白居易对于文学的见解相近,两个人切磋交流,均很有收获。对于张籍的坚持与成就,白居易十分赞赏,给予很高的评价:"张君何为者?业文三十春。尤工乐府诗,举代少其伦。"

张籍另一首代表作《节妇吟·寄东平李司空师道》,本意是拒绝大军阀的拉拢,但是由于作品写得委婉别致,细腻感人,一直被奉为爱情诗歌的经典,"恨不相逢未嫁时"更是成为千古名句。

> 君知妾有夫,赠妾双明珠。
> 感君缠绵意,系在红罗襦。
> 妾家高楼连苑起,良人执戟明光里。
> 知君用心如日月,事夫誓拟同生死。

还君明珠双泪垂,恨不相逢未嫁时。

"事夫誓拟同生死""恨不相逢未嫁时",幽默俏皮之下,是气节和风骨。这也是我们最应该记住这首诗的理由,要知道不是所有人在功名利禄面前都能够不为所动,守住底线的。至于那些不择手段阿谀巴结权贵、想方设法往上爬、千方百计搜罗钱财的小人,估计是没办法明了张籍的心胸与境界的。差别太大,是没办法理解的,更不用说"共鸣"二字。

元和十一年(816年),张籍转任国子监助教,眼病基本上好了,生活也有所改善。元和十五年(820年)改授秘书省校书郎。长庆元年(821年),经韩愈举荐,授国子博士,迁水部员外郎,又迁主客郎中。大和二年(828年),迁国子司业。世称"张水部""张司业"。

总体而言,性格倔强、仕途不兴的张籍内心是郁结悲苦的,愁闷,思乡,百转千回的情绪,欲说还休的心态,在一共只有四句二十八字的《秋思》里,得到巧妙真切的展现:

洛阳城里见秋风,欲作家书意万重。
复恐匆匆说不尽,行人临发又开封。

好的文字就是这样,即便过去了一千多年,你依然可以体会和理解诗人的心境,依然可以在里面找到共鸣的东西。何谓不朽?这应该就是。

人心莫厌如弦直
——唐代诗人李绅

唐代诗人李绅因为《悯农二首》为世人所知,作品亦流传千载,他无疑是一位了不起的诗人。同时他一生几乎一直置身于复杂多变的官场,晚年时官至宰相,因此可以称其为官场诗人,也可以说他是宰相诗人。

李绅(772—846年),字公垂,安徽亳州人。相比较同时代其他几位著名皖籍诗人,有关李绅的籍贯争议不算太大,比较一致的意见是:其郡望山东"赵郡",后移至亳州,因为其父亲在江浙做官,全家随之移居无锡。总而言之:李绅,安徽亳州人。

李绅出身于官宦世家,曾祖曾任宰相,拜中书令,封赵国公,祖父、父亲都曾做过县令一类的官。或许因为此,李绅能够在官场不屈不挠地折腾一辈子。他曾经得到赏识重用,做过各种官;也曾遭遇坎坷,被贬边远地区,甚至死后还被追夺三任官,子孙不得出仕。如果他不是那么久那么深地置身官场,是不是会有更多的作品、更高的文学成就呢?还真的不好说,毕竟人生不能够假设,作品的多寡高低也不完全是由作者当什么官、做什么事所决定的。

李绅幼年丧父,由母亲抚养教育,学习刻苦,早有诗名。

青年时代的李绅,目睹农民一年四季埋头劳作,依然不能温饱,十分同情和激愤，写下了《悯农二首》：

> 春种一粒粟，秋收万颗子。
> 四海无闲田，农夫犹饿死。

> 锄禾日当午，汗滴禾下土。
> 谁知盘中餐，粒粒皆辛苦。

据说李绅作《悯农二首》后，又写了一首："垄上扶犁儿，手种腹长饥。窗下织梭女，手织身无衣。我愿燕赵姝，化为嫫女姿。一笑不值钱，自然家国肥。"这首诗被认为更直接具体地揭了朝廷的短，于是有人在武宗面前告发李绅。谁知武宗看了之后，非但没有责难李绅，反而在自责"久居高堂，忘却民情"的同时，对李绅委以重任，而告密者则被降职，调任边远地区，可谓偷鸡不成蚀把米。这第三首诗一直不为人所知，直到近代，人们才在敦煌石窟中的唐人诗卷中发现它，后被编入《全唐诗外编》。

贞元十七年（801年），李绅初次赴长安应进士试，为韩愈等所赏识。

贞元二十年（804年），李绅再次应试，依然未中，但通过元稹结识著名诗人白居易，与元、白成为诗友，在诗歌创作和探索方面切磋、探讨。为元稹《莺莺传》作《莺莺歌》。

元和元年（806年），李绅中进士。次年，入镇海节度使李琦幕府。后李琦谋反，让李绅为其起草文书，遭到拒绝，一怒之下将李绅关进监狱。叛乱平息后，李绅获释。元和三年（808年）起，李绅开始步入官场，次年入长安，先后任校书郎、国子助教。也就是在这段时间，李绅和元稹、白居易倡导"新乐府运动"，并首先创作"乐府新题"二十首，用一种全新的诗歌形式针砭时事。元稹和答十二首，称赞其"雅有所谓，不虚为文"。白居易随后又写成五十首，新乐府自此兴起，成为诗坛一面崭新的旗帜。

可惜的是李绅的诗"散失极多",后人仅可从现有的作品中做一个零星的了解,但据此断言其作品高下,还是不免偏颇。

元和十四年(819年),李绅被召回长安,授右拾遗,穆宗即位后授其翰林学士。当时同在翰林的还有李德裕和元稹,据说因为他们三人名气、才干都很大,彼此之间关系又好,时人称之为"三俊"。

虽然当时官场争斗得厉害,局势对李绅不利,但李绅还是被穆宗提升为拟草诏旨的中书舍人,后改任御史中丞。由于听信谗言,穆宗派李绅任江西观察使,得知真相后,改为户部侍郎。可见,政治旋涡里的李绅,虽然有皇帝青睐,还是危机四伏,不得安稳。

长庆四年(824年),敬宗即位,听信谗言,将李绅贬为端州司马。据说后来敬宗于禁中见其疏请立己为太子,很是感触,李绅因此保全性命,次年起,历任江州长史、滁州刺史。

大和四年(830年),李绅任寿州刺史。寿州治理难度很大,李绅之前的数位官员均因治理无方受到处分。"齿发虽残壮心在"的李绅果断出手,惩恶扬善,一改当地民不聊生的混乱局面,受到老百姓称赞和拥护。大和七年(833年),李绅到洛阳任太子宾客,路途中作有组诗《寿阳罢郡日》,其中有一首《初出泗口入淮》,便很有意趣和个性。

> 东风百里雪初晴,泗口冰开好濯缨。
> 野老拥途知意重,病夫抛郡喜身轻。
> 人心莫厌如弦直,淮水长怜似镜清。
> 回首夕岚山翠远,楚郊烟树隐裹城。

后汉顺帝时有童谣:"直如弦,死道边;曲如钩,反封侯。"李绅深知官场险恶,但依然写出"人心莫厌如弦直,淮水长怜似镜清"这样的诗句,表达出其鲜明的态度和耿直的个性。

另外,这首诗是李绅离开寿州(今寿县)去洛阳途中所写,"泚口""淮水"等词具有很强的地域辨识度,读来尤感亲切。

不久,李绅授浙东观察使,后二年秋末,再回洛阳任太子宾客,其间有诗《江南暮春寄家》,可谓真情流露,读后颇为难忘。

> 雒阳城见梅迎雪,鱼口桥逢雪送梅。
> 剑水寺前芳草合,锦湖亭上野花开。
> 江鸿断续翻云去,海燕差池拂水回。
> 想得心知近寒食,潜听喜鹊望归来。

体味一下作者"想得心知近寒食,潜听喜鹊望归来",会发现,年过六十的李绅内心是有归隐的想法。但随着处境的改善,他的官运似乎愈加好起来,自开成元年(836年)起,历任管理东都洛阳的河南尹、汴州刺史、宣武军节度使、宋亳汴颍观察使、检校兵部尚书。840年,武宗即位后,李绅徙淮南,会昌二年(842年)召拜中书侍郎,同中书门下平章事(宰相),次年又为门下侍郎、尚书右仆射,封赵郡公。

李绅做了四年宰相,后因为中风,身体不便而辞位,改任淮南节度使。

会昌六年(846年),李绅在扬州病逝,赠太尉,谥文肃。

李绅去世后的次月(八月),白居易去世。

李绅与元稹、白居易交往甚密,为新乐府运动的积极参与者,作有《乐府新题》等,但大多已失传。但是《悯农二首》却成为流传千古的名篇,它以其通俗流畅的文字、真挚有爱的感情,警醒和感动着一代又一代人。

《唐诗选脉会通评林》引用吴山民的评论说:"《悯农》由仁爱中写出,精透可怜,安得与风月语同看? 知稼穑之艰难,必不忍以荒淫尽民膏脂矣。今之高卧水殿风亭,犹苦炎燠者,设身'日午汗滴'当何如?"

吴乔在《围炉诗话》中说,诗苦于无意,"有意矣,又苦于无辞。如'锄禾日当午'云云,诗之所以难得也"。李锳在《诗法易简录》中认为:"此种诗纯以意胜,不在言语之工,《豳》之变风也。"可谓道出《悯农》妇孺皆知、广为传诵的秘诀。

2018.7

斜风细雨不须归

——唐代诗人张志和

我很早就认识"鳜"这个字,尽管那时我还没有吃过鳜鱼。当时也没有多少小孩子知道"桃花流水鳜鱼肥"这句词,但是我知道,并且还能背得滚瓜烂熟,同时还知道这首词的词牌叫作《渔歌子》,即便到了现在,一提张志和,马上就会想到《渔歌子》。之所以会这样,源于我祖父写过它,而且这幅字就挂在我家的墙壁上。

很长一段时间,除了《渔歌子·渔父》这首词,我对张志和这个人并没有多少了解。直到最近,在查阅了一些资料后,我才发现,张志和不但有着很高的才情,而且耿直、性刚,一生经历颇为传奇。

关于张志和的姓名、籍贯和去世时间,都有不少故事和争论。

先说名字。据说张志和母亲在怀孕前梦见有神仙献灵龟吞服,所以取名龟龄。张志和小的时候聪明伶俐,三岁能读书,六岁能做文章。七岁时,张志和跟随父亲在翰林院游玩,翰林院宋学士以锦林文集戏之,不料张志和过目成诵,大加赞赏,一时传为佳话。他是典型的神童,而人们对神童的关注和津津乐道,从古至今,经久不衰。可以想象,张志和这名神童在当时引发了多大的关注。

神童的故事最终被唐玄宗知道,这位开创盛世、踌躇满志的皇帝亲自出题考查,张志和依然对答如流,玄宗甚感奇异,赐优养翰林院。十六岁时,张志和因在道术方面极具特长,被太子李亨赏重,增补京兆户籍,游历太学。至此我们可以确信:被皇帝和太子同时看上的张志和一定是一位聪颖过人的神奇少年。

天宝十年(751年),十九岁的张志和太学结业,李亨为张志和亲赐名"志和",字子同,从此张龟龄就变成了张志和。

再说籍贯。按照通常的说法,张志和是安徽省黟县赤山镇(今属祁门)人,但他的出生地是当时的京城长安。因为其祖籍婺州金华(今浙江金华),先祖湖州长兴房塘,所以有人认为张志和是浙江人。

张志和出生于开元二十年(732年),但他到底是在哪一年去世的,还存在着不少争议,关于这点,留待最后去说。

从太学出来后,张志和被"授左金吾卫录事参军事,留在翰林待用,供奉东宫,享受八品(上)待遇,掌受诸曹及五府、外府之事,句稽抄目,印给纸笔"。天宝十一年(752年),张志和回家省亲时,协助地方官吏除奸灭盗,功绩显著,被誉为"神张"。次年,二十一岁的张志和外擢杭州、候补杭州刺史时,又灭除土豪恶霸李保,由此声名远扬。天宝十四年(755年),安禄山起兵反唐,洛阳沦陷。张志和随太子李亨转战灵武一带,擢除朔方招讨使。第二年,唐玄宗奔蜀,太子李亨即位于灵武,是为肃宗。张志和与舅舅李泌(也是当时的传奇人物)献计征调回纥兵,谋"三地禁四将计",败安禄山于河上,取得了平定安史之乱的战略性胜利。肃宗擢授张志和为左金吾卫大将军,享正三品待遇。

至德二年(757年),张志和由外官擢至内官,奉上皇还西京,封(吏部)金紫光禄大夫,仍享正三品待遇。肃宗由于急于收复京师,掌控内外局势主动,答应了回纥苛刻的条件,张志和力谏肃宗收回成命,惹恼肃宗,被贬为南浦尉。

至德三年、乾元元年(758年),张志和以"亲丧"为由脱离官场。肃宗赦张志和无罪,并赠奴、婢各一,称"渔童"和"樵青"。同时敕加赠张志和母亲为秦国贤德夫人,赐表白四段、白银二千四百两,以荣葬之资。很显然,肃宗还是很器重张志和的,希望他三年后能够继续为朝廷做事。

上元二年(761年),张志和在祁门润田守孝三周年期满,妻子程氏又去世了,张志和心灰意冷,不想再出去做官,于是带着渔童、樵青二人,四处游历。他们先到了黄山、绩溪等地,然后又游吴楚山水,最后来到湖州城西西塞山渔隐,自称烟波钓徒。也就是在那里,张志和写下了《渔歌子·渔父》(五首)等诗篇。其中第一首即是著名的"西塞山前白鹭飞,桃花流水鳜鱼肥。青箬笠,绿蓑衣,斜风细雨不须归"。

《渔歌子》原是曲调名,后来人们根据它填词,又成为词牌名。张志和也因为这首词,与李白、白居易等成为填词的开拓者。

张志和隐居期间,先后结识茶圣陆羽、诗僧皎然等人,并完成《玄真子》的撰写,自号改为"玄真子"。

广德三年、永泰元年(765年),张志和应兄长张松龄之邀,到会稽东郭开始陆地隐居生活,撰写《大易》十五卷,并作《太寥歌》。

大历九年(774年),张志和应当时的湖州刺史颜真卿邀请,前往湖州,同年冬十二月,和颜真卿等东游平望驿时,因酒醉不慎在平望莺脰湖落水身亡,终年四十二岁。

关于张志和去世的时间,有772年、776年、810年等多种说法,但都认为他是在颜真卿任湖州刺史期间溺水而亡的,而颜真卿湖州刺史任职时间为773年至778年。因此尽管目前广泛认可的是810年,但祁门润田《张氏宗谱》"唐大历九年(774年)"一说也有不少人采信。

张志和《渔父》词不但在当时广为传诵,而且对后世词人的影响也很大。据说《渔父》词问世七年后就传到了日本,嵯峨天皇读后倍加赞赏,亲自在贺茂神社开宴赋诗,并将其与张继的《枫桥夜泊》一起列入日本的教科书。

而在我的记忆里,作为书法家的祖父晚年不止一次地书写《渔歌子·渔父》。反复吟诵揣摩之后,我想,身处困境的祖父对"斜风细雨不须归"的理解或许已经由一种心情转化为一种明确的态度:人生难免风风雨雨,不低头,坚持住就好。

眼前何事不伤神

——唐代诗人杜荀鹤诗漫谈

一

杜荀鹤(846—904年),字彦之,自号九华山人,安徽石埭(今石台)人。他出身寒微,但天资聪颖,七岁时已崭露头角。十四岁(860年)时,他和朋友结伴到庐山读书,十年间,不但学业有成,而且眼界、涵养亦有很大提高。

二十四岁时,杜荀鹤下山,信心满满地准备通过科举谋取功名,一展抱负。因为没有名流举荐,尽管他多次去长安应考,但总是落榜。渐渐地,杜荀鹤明白了,"客路如天远,侯门似海深",茫然失落的他只得"闷向酒杯吞日月,闲将诗句问乾坤"。

这期间他曾游历浙江、福建、江西、湖南等地,见识不少东西,结交了一些文友。黄巢起义军席卷山东、河南一带时,他再次从长安回到家乡,此后十几年间一直过着平淡寂寞的生活,有时郁郁寡欢,有时沉醉山水。

李杜复李杜,彼时逢此时。

干戈侵帝里，流落向天涯。

岁月消于酒，平生断在诗。

怀才不得志，只恐满头丝。

——《江南逢李先辈》

野吟何处最相宜，春景暄和好入诗。

高下麦苗新雨后，浅深山色晚晴时。

半岩云脚风牵断，平野花枝鸟踏垂。

倒载干戈是何日，近来麇鹿欲相随。

——《春日山居寄友人》

动乱之后，"宁为宇宙闲吟客，怕作乾坤窃禄人"的杜荀鹤听从劝说，上颂德诗三十章取悦朱温，朱温出面举荐，杜荀鹤终于得中大顺二年（891年）第八名进士，此时他已四十五岁了。第二年，因政局动乱，杜荀鹤又回到家乡，在宣州做事。907年，朱温称帝，授杜荀鹤翰林学士、主客员外郎。然而仅五天后，杜荀鹤即因"遘重疾"而去世。

纵观杜荀鹤的一生，虽然才华横溢，在诗坛享有盛名，但仕途坎坷，颠沛流离。杜荀鹤是郁闷的，他想着出人头地、光耀门庭，但经年累月两手空空，家境越来越艰难，他心里也越来越沉重。

本为荣家不为身，读书谁料转家贫。

三年行却千山路，两地思归一主人。

络岸柳丝悬细雨，绣田花朵弄残春。

多情御史应嗟见，未上青云白发新。

——《维扬春日再遇孙侍御》

杜荀鹤是失落的,他聪颖勤奋、志存高远,但始终事与愿违、怀才不遇,既有生不逢时的处境,更有欲投无门的凄惘。

　　平生操立有天知,何事谋身与志违。
　　上国献诗还不遇,故园经乱又空归。
　　山城欲暮人烟敛,江月初寒钓艇归。
　　且把风寒作闲事,懒能和泪拜庭闱。

——《下第东归将及故园有作》

杜荀鹤是迷茫的,十几年乃至几十年里,他读懂了许多书,但是他始终读不明白"名""利"二字,为此他彷徨无助、坐立不安。

　　无论南北与西东,名利牵人处处同。
　　枕上事仍多马上,山中心更甚关中。
　　川原晚结阴沉气,草树秋生索漠风。
　　百岁此身如且健,大家闲作卧云翁。

——《途中有作》

杜荀鹤是不甘的,他总是坚信最终是要靠自身的能力,他总是觉得自己一定会有出人头地的那一天,为此,他一直没有灰心、放弃。

　　驱驰歧路共营营,只为人间利与名。
　　红杏园中终拟醉,白云山下懒归耕。
　　题桥每念相如志,佩印当期季子荣。

谩道强亲堪倚赖,到头须是有前程。

——《遣怀》

尽管自己屡试不中,难免心灰意冷,但总体来说杜荀鹤还是一个执着的人。我们不能要求一个多年里人生灰暗不顺的人总是信心十足,总是乐观向上,这既有违常理,也不符合人性,能够总体保持一种向前向上的状态,就很不容易了。

男儿三十尚蹉跎,未遂青云一桂科。
在客易为销岁月,到家难住似经过。
帆飞楚国风涛润,马渡蓝关雨雪多。
长把行藏信天道,不知天道竟如何。

——《辞郑员外入关》

回头不忍看羸僮,一路行人我最穷。
马迹塞于槐影里,钓船抛在月明中。
帽檐晓滴淋蝉露,衫袖时飘卷雁风。
子细寻思底模样,腾腾又过玉关东。

——《长安道中有作》

这是一个落魄的文人,"男儿三十尚蹉跎,未遂青云一桂科""回头不忍看羸僮,一路行人我最穷";一个时常会找不到感觉的中年男人,"在客易为销岁月,到家难住似经过"。但就是这样一个人,在这样的状态下,依然没有放弃,依然在坚持,任他"帽檐晓滴淋蝉露,衫袖时飘卷雁风",也不会停下自己的脚步,他"腾腾又过玉关东",他"听蝉鞭马入长安",如果我们细细地体会,应该能够品咂出一种孤独和悲壮。

尽管自己读书出仕之路艰难坎坷,但杜荀鹤依然认为读书是重要的,虽然不能被人理解,甚至还会招致周围人的讥笑,但他依然故我。

> 时清只合力为儒,不可家贫与善疏。
> 卖却屋边三亩地,添成窗下一床书。
> 沿溪摘果霜晴后,出竹吟诗月上初。
> 乡里老农多见笑,不知稽古胜耕锄。
> ——《书斋即事》

"卖却屋边三亩地,添成窗下一床书",即便是在生活总体安定富足的现在,也很难让人理解,更何况是在时局动荡、生活并不富裕的年代,简直就是拆家、败家的节奏。但杜荀鹤非但没有一丝犹豫和后悔,反而怡然自得,"乡里老农多见笑"更是让他感到不屑,认为他们"不知稽古胜耕锄"。清高、孤傲的背后,是书生的痴迷和迂拙。努力过好日子与钟情精神层面的享受之间,很难判断究竟谁是谁非,你更在意什么,就去做什么,或许就是答案。

对于自己的亲友,特别是子侄们,杜荀鹤绝对是正面教育,强调必须从小做起,下苦功夫,珍惜时光,发奋读书。

> 何事居穷道不穷,乱时还与静时同。
> 家山虽在干戈地,弟侄常修礼乐风。
> 窗竹影摇书案上,野泉声入砚池中。
> 少年辛苦终身事,莫向光阴惰寸功。
> ——《题弟侄书堂》

诗句浅白,道理深刻,"少年辛苦终身事,莫向光阴惰寸功"与《喜从弟雪中远至有作》里的"昼短夜长须强学,学成贫亦胜他贫",即便是现在读来,依然感觉很有道理,很是励志。

二

应该说,在庐山学习的十年,对杜荀鹤的学养和性情养成都有着重要的作用,也让他的思想和作品散发出一种明亮与冲淡。于作品而言,这无疑是很好的,但进入尘世之中,它们会给杜荀鹤带来些什么,还是个问号。

离开庐山的杜荀鹤,时常回想起山中岁月,这样的回想,有时候是一种怀念,有时候或许是一种若隐若现的懊悔。

>　长忆在庐岳,免低尘土颜。
>　煮茶窗底水,采药屋头山。
>　是境皆游遍,谁人不羡闲。
>　无何一名系,引出白云间。
>　　　　　　　　　——《怀庐岳书斋》

>　一别三年长在梦,梦中时蹑石棱层。
>　泉声入夜方堪听,山色逢秋始好登。
>　岩鹿惯随锄药叟,溪鸥不怕洗苔僧。
>　人间有许多般事,求要身闲直未能。
>　　　　　　　　　——《怀庐岳旧隐》

>　自见来如此,未尝离洞门。
>　结茅遮雨雪,采药给晨昏。

古树藤缠杀,春泉鹿过浑。
悠悠无一事,不似属乾坤。

——《赠庐岳隐者》

"煮茶窗底水,采药屋头山""古树藤缠杀,春泉鹿过浑""岩鹿惯随锄药叟,溪鸥不怕洗苔僧",这样的场景和时光,梦幻一般,的确"不似属乾坤"。

我曾经想,如果杜荀鹤一直待在山上享受这份美好又会怎么样?后来我发现这是一个不切合现实的假设,学成之后,进入社会施展抱负,是每一个读书人必须要做的事。一个男人到了一定年龄,为了养家糊口,也必须外出做事。如果一切比较顺利的话,心情或许会好一些;如果始终坎坷艰难,就难免时常回想山上读书时那种安宁和享受,归隐之念自然会日益地强烈起来。

应该说,杜荀鹤跨出出山的第一步时,便告别了悠闲的田园生活,即便是路途艰难、心中懊悔,也再回不到从前,正所谓"求归归未得"。

四海无寸土,一生惟苦吟。
虚垂异乡泪,不滴别人心。
雨色凋湘树,滩声下塞禽。
求归归未得,不是掷光阴。

——《湘中秋日呈所知》

因话天台归思生,布囊藤杖笑离城。
不教日月拘身事,自与烟萝结野情。
龙镇古潭云色黑,露淋秋桧鹤声清。
此中是处堪终隐,何要世人知姓名?

——《送项山人归天台》

一登高阁眺清秋,满目风光尽胜游。
何处画桡寻绿水,几家鸣笛咽红楼。
云山已老应长在,岁月如波只暗流。
唯有禅居离尘俗,了无荣辱挂心头。

——《题开元寺门阁》

有时候,杜荀鹤会想"此中是处堪终隐,何要世人知姓名";有时候,杜荀鹤会叹"唯有禅居离尘俗,了无荣辱挂心头"。风光很好,秋色宜人,但他的心里却是回肠百转,不是滋味。面对友人归去的背影和适宜隐居修行的好地方,除了感慨,还是感慨,不能归,归不得。

落第后和战乱时,杜荀鹤会回到家乡,过几天悠闲的乡居生活。

君贫我亦贫,为善喜为邻。
到老如今日,无心愧古人。
闭门非傲世,守道是谋身。
别有同山者,其如未可亲。

——《山中贻同志》

茅屋周回松竹阴,山翁时挈酒相寻。
无人开口不言利,只我白头空爱吟。
月在钓潭秋睡重,云横樵径野情深。
此中一日过一日,有底闲愁得到心。

——《山居自遣》

可是风光再美,环境再好,杜荀鹤的心还是安定不下来的,一无所成的现实,让他没有心思赏美景、尝美酒,愁绪总是在不知不觉中将内心布满。

周边没有能够交心的人,即便美景如许,也感觉不到开心,但看到别人的隐居生活,自己又免不了向往不已,在这样的矛盾和纠结之下,自然很难有悠闲而惬意的时光。

> 山深长恨少同人,览景无时不忆君。
> 庭果自从霜后熟,野猿频向屋边闻。
> 琴临秋水弹明月,酒就东山酌白云。
> 仙桂算攀攀合得,平生心力尽于文。
> ——《山中寄诗友》

> 不似当官只似闲,野情终日不离山。
> 方知薄宦难拘束,多与高人作往还。
> 牛笛漫吹烟雨里,稻苗平入水云间。
> 羡君公退归欹枕,免向他门厚客颜。
> ——《题汪明府山居》

"琴临秋水弹明月,酒就东山酌白云""牛笛漫吹烟雨里,稻苗平入水云间",这样的情境,于杜荀鹤而言,看得见,却体味不到,因为他的心流浪在天涯海角,没办法安定下来。

三

总体来说,杜荀鹤是一个不走运的人,从 870 年二十四岁下山,到 891 年四十五岁中进士,整整二十一年,这期间还遭逢战乱,惶恐不安中自是越发失望乃至绝望。

我从杜荀鹤的诗集中挑选了十首,从中可以看出诗人压抑的心情和复杂的情感。

杜荀鹤多次落第,相关题材的诗作有几首,在《下第东归将及故园有作》中他写道:"平生操立有天知,何事谋身与志违。"诗中充满了疑惑不解和郁闷不堪。另一首《下第投所知》更是多了一些彷徨无奈、无言以对和无所适从:

落第愁生晓鼓初,地寒才薄欲何如。
不辞更写公卿卷,却是难修骨肉书。
御苑早莺啼暖树,钓乡春水浸贫居。
拟离门馆东归去,又恐重来事转疏。

功名之外,他也在到处寻找出路,但总是碰壁失望。茫然无措之时,他感觉似乎只有诗可以化解自己的愁闷和尴尬,也只有诗可以让他找到一些感觉,当然,也幸亏还有诗。

四海欲行遍,不知终遇谁。
用心常合道,出语或伤时。
拟作闲人老,惭无识者嗤。
如今已无计,只得苦于诗。

——《自述》

一个人处于逆境或者失意的状态时,能够有至少一个支撑点,至关重要。诗歌之于杜荀鹤,就是这样。

有时候,杜荀鹤会大发悲声,说自己是"天地最穷人"。

> 无禄奉晨昏,闲居几度春。
> 江湖苦吟士,天地最穷人。
> 书剑同三友,蓬蒿外四邻。
> 相知不相荐,何以自谋身?
>
> ——《郊居即事投李给事》

有时候,杜荀鹤会非常后悔,对兄弟们说:"悔不深山共汝耕。"

> 难把归书说远情,奉亲多阙拙为兄。
> 早知寸禄荣家晚,悔不深山共汝耕。
> 枕上算程关月落,帽前搜景岳云生。
> 如今已作长安计,只得辛勤取一名。
>
> ——《行次荥阳却寄诸弟》

也许有人会认为,说自己是"天地最穷人"的杜荀鹤过于悲观绝望,说出"早知寸禄荣家晚,悔不深山共汝耕""如今已作长安计,只得辛勤取一名"的杜荀鹤已经处于一种无可奈何的状态,过于消极。但是,如果我们能够将自己代入"无禄奉晨昏,闲居几度春"的境地,或许就能体会和理解诗人的心情,从而感受到一个穷困潦倒的诗人的种种酸楚。

杜荀鹤这种"悲苦"与"懊悔"的诗作中,最为人们称道和传诵的,是《春宫怨》:

> 早被婵娟误,欲妆临镜慵。
> 承恩不在貌,教妾若为容。
> 风暖鸟声碎,日高花影重。
> 年年越溪女,相忆采芙蓉。

当初因为貌美而被召入宫中,谁料并没有得到帝王的宠幸,常年孤独相伴,懒于梳妆打扮。春光很好,心情很糟,在遭逢不幸的人眼里,一切美好的东西都没了色彩。而在自己的记忆深处,与家乡女伴一同采莲的幸福情景,是多么美好而难忘。杜荀鹤用宫女的不幸身世象征自己怀才不遇的比兴手法,显示了他极高的艺术表现手法。不但"风暖鸟声碎,日高花影重"脍炙人口,《春宫怨》更是被人誉为唐朝宫词第一。

杜荀鹤真是很难,一方面屡屡碰壁、没着没落,一方面又很不甘心,于是他的情绪便时常会在二者之间徘徊。

  欲住住不得,出门天气秋。
  惟知偷拭泪,不忍更回头。
  此日只愁老,况身方远游。
  孤寒将五字,何以动诸侯?
——《别舍弟》

  客路行多少,干人无易颜。
  未成终老计,难致此身闲。
  月兔走入海,日乌飞出山。
  流年留不得,半在别离间。
——《与友人话别》

  门前通大道,望远上高台。
  落日人行尽,穷边信不来。
  还闻战得胜,未见敕招回。

却入机中坐,新愁织不开。

——《望远》

"欲住住不得,出门天气秋""流年留不得,半在别离间""落日人行尽,穷边信不来",可谓真情实感,都是眼泪,尤其是旅途之中生了病,更是心灰意冷,百感交集。

浮世浮名能几何,致身流落向天涯。
少年心壮轻为客,一日病来思在家。
山顶老猿啼古木,渡头新雁下平沙。
不堪吟罢西风起,黄叶满庭寒日斜。

——《秋日卧病》

读杜荀鹤的诗,总会忘记一千多年的时光距离,有些诗句,现在看来,似乎都可以当作"网红诗句"。特定的情境之下,吟诵杜荀鹤那些看似平白如话,却又意味深长的诗句,真是再合适不过了。

比如前面列举的一些诗句:

——无论南北与西东,名利牵人处处同。
——在客易为销岁月,到家难住似经过。
——少年辛苦终身事,莫向光阴惰寸功。

比如《秋日卧病》里的诗句:

——浮世浮名能几何,致身流落向天涯。
——少年心壮轻为客,一日病来思在家。

——不堪吟罢西风起,黄叶满庭寒日斜。

类似这样的诗句,在杜荀鹤的诗作中可谓俯拾皆是:

——秋来忆君梦,夜夜逐征鸿。
——《寄顾云》
——文章甘世薄,耕种喜山肥。
——《乱后山中作》
——好景采抛诗句里,别愁驱入酒杯中。
——《赠友人罢举赴辟命》
——风射破窗灯易灭,月穿疏屋梦难成。
——《旅中卧病》

不走运的杜荀鹤,骨子里有一股不服输的劲头,他会有各种失落,也会有各种愤懑,但最后,他依然会继续,"不妨身晚成""俱期立后名",这一点很了不起。《送人游江南》里的"男儿两行泪,不欲等闲垂",气节、风骨,让人敬佩。

满酌劝君酒,劝君君莫辞。
能禁几度别,即到白头时。
晚岫无云蔽,春帆有燕随。
男儿两行泪,不欲等闲垂。

四

失意悲苦的作品占据杜荀鹤诗作的很大一部分,也有很多妙语佳句,但其诗歌的最高水平,应该是对景色描写的精准凝练、对百姓疾苦的同情、对腐败和战乱所造成的民众疾苦的揭露与同情。

据说,在现在苏州的街头巷尾,有一首诗出现的频率相当高,以至于很多人都能够一字不漏地背诵下来,这就是杜荀鹤的《送人游吴》:

> 君到姑苏见,人家尽枕河。
> 古宫闲地少,水港小桥多。
> 夜市卖菱藕,春船载绮罗。
> 遥知未眠月,乡思在渔歌。

很舒服、很美,同时也很全面,准确生动地反映出水乡苏州的景色和风土人情。"人家尽枕河""夜市卖菱藕,春船载绮罗",这样的诗句可谓神来之笔,充分反映出诗人游历之丰富,观察之细致,文字之准确、灵动。

类似的作品还有《送友游吴越》,同样不乏佳句:

> 去越从吴过,吴疆与越连。
> 有园多种橘,无水不生莲。
> 夜市桥边火,春风寺外船。
> 此中偏重客,君去必经年。

出自《冬末同友人泛潇湘》中的"就船买得鱼偏美,踏雪沽来酒倍香",同样为后人所称道:

> 残腊泛舟何处好,最多吟兴是潇湘。
> 就船买得鱼偏美,踏雪沽来酒倍香。

猿到夜深啼岳麓,雁知春近别衡阳。
与君剩采江山景,裁取新诗入帝乡。

在《送蜀客游维扬》里,名言佳句之外,还能感受到一种放松与潇洒,这在杜荀鹤的诗词中比较罕见。

见说西川景物繁,维扬景物胜西川。
青春花柳树临水,白日绮罗人上船。
夹岸画楼难惜醉,数桥明月不教眠。
送君懒问君回日,才子风流正少年。

杜荀鹤的诗作还有一个显著的特点:画面感。两句诗,十四个字,便是一幅意趣盎然的绘画,唯美而生动,让人遐想、向往。

一溪寒色渔收网,半树斜阳鸟傍巢。

——《访蔡融因题》

渔人收网,鸟儿归巢,有动,有静,有温暖的想象,有诱人的风光。

渔依岸柳眠圆影,鸟傍岩花戏暖红。

——《赠友人罢举赴辟命》

应该是傍晚的时光,一切都是那么静谧,一切又都是那么唯美,身临其境,宛若梦乡。

牧童向日眠春草,渔父隈岩避晚风。

——《途中春》

还是水边,有渔父,有牧童,都很安静,也很惬意,是一幅画,更是一种如梦如幻的田园生活。

雨中林鸟归巢晚,霜后岩猿拾橡忙。

——《赠休粮僧》

一场雨,阻碍了鸟儿的归程;霜降之后,猴子们捡拾成熟的果子。两个似乎不相干的场景,都是山里僧人眼中的景色,充满动感,也充满意趣和回味。

野叟并田锄暮雨,溪禽同石立寒烟。

——《乱后山居》

战乱之后,一切渐渐恢复往日的宁静,烟雨中,老者耕作,水鸟静立,一切是那么平常,一切又是那么美好——失而复得的安详时光。

不过杜荀鹤诗歌的主要成就,应该还是那些控诉世道混乱、恶霸横行,百姓遭殃、水深火热的作品。这类作品中,《旅泊遇郡中叛乱示同志》《山中寡妇》等极具代表性。

在《旅泊遇郡中叛乱示同志》里,我们读到的是恐惧、暴力、毁灭和杀戮:

握手相看谁敢言,军家刀剑在腰边。
遍搜宝货无藏处,乱杀平人不怕天。
古寺拆为修寨木,荒坟开作甃城砖。

郡侯逐出浑闲事,正是銮舆幸蜀年。

《山中寡妇》则具有一种震撼人心的力量:

夫因兵死守蓬茅,麻苎衣衫鬓发焦。
桑柘废来犹纳税,田园荒后尚征苗。
时挑野菜和根煮,旋斫生柴带叶烧。
任是深山更深处,也应无计避征徭。

不幸的遭遇,憔悴的外形,沉重的赋税,凄苦的生活,战乱结束了,苦难并没有结束。形象立体生动,文字精准到位,是哭诉,更是揭露,让读者感觉到一种深深的压抑。

有评价说,杜荀鹤"这类诗篇的写法特点,不同于从元白到皮日休的新乐府。它运用律诗和绝句的形式而又不为声律所束缚,精练地把内涵广阔的境界压缩在短幅之中,常用鲜明的对比和深透一层的写作手法,使作品富有感染力。语言清新通俗,爽健有力,也显示了它能突破同时代华靡诗风,具有创新精神"。南宋诗论家严羽在其《沧浪诗话·诗体》里专门列有杜荀鹤体,足见他的诗风在当时有一定影响。

在《题所居村舍》中,作者再次提出"家随兵尽屋空存,税额宁容减一分",为贫苦百姓大声疾呼:

家随兵尽屋空存,税额宁容减一分。
衣食旋营犹可过,赋输长急不堪闻。
蚕无夏织桑充寨,田废春耕犊劳军。
如此数州谁会得,杀民将尽更邀勋。

同样题材的作品还有《乱后逢村叟》:

> 经乱衰翁居破村,村中何事不伤魂。
> 因供寨木无桑柘,为著乡兵绝子孙。
> 还似平宁征赋税,未尝州县略安存。
> 至于鸡犬皆星散,日落前山独倚门。

"因供寨木无桑柘,为著乡兵绝子孙",满目荒凉衰败,夕阳里,只有劫后余生的老者倚门远望,思念着死于战乱的子孙,此情此景,可谓触目惊心。

登城远望,荒原上白骨累累,而他们曾经是一个个鲜活的生命,他们是儿子,是丈夫,是父亲,他们的家人或许正望眼欲穿地盼着他们回去呢。

> 上得孤城向晚春,眼前何事不伤神。
> 遍看原上累累冢,曾是城中汲汲人。
> 尽谓黄金堪润屋,谁思荒骨旋成尘。
> 一名一宦平生事,不放愁侵易过身。
>
> ——《登城有作》

诗人所到之处,真可谓"眼前何事不伤神",那么回到终日思念的家乡,诗人所见所闻又是如何呢?"乱荒",青黄不接,衣食无着:

> 他乡终日忆吾乡,及到吾乡值乱荒。
> 云外好山看不见,马头歧路去何忙。
> 无衣织女桑犹小,阙食农夫麦未黄。
> 许大乾坤吟未了,挥鞭回首出陵阳。
>
> ——《自江西归九华》

因此可以说,杜荀鹤的悲剧,不仅仅是个人仕途的不顺、生活的坎坷艰难,更为关键的是他处于那样一个动乱的年代,平民百姓四处逃难,居无定所,家破人亡,哀鸿遍野。所有这一切,对于杜荀鹤来说,是更深一层的痛苦和悲哀,这样的悲哀,最终成为他生命的背景和无法摆脱的噩梦。

后　记

"皖籍人物"的六篇文章,属于一种被动写作的衍生作品,在对其中一半内容进行修改补充甚至重新撰写的过程中,翻阅查找了不少资料,力求使文章变得生动好看一些。但让我没有想到的是,我在改写第六篇时,出现意想不到的状况:居然迷上杜荀鹤的诗作,反复翻阅之后,我确定杜荀鹤的诗作具备一种难得的特色和气息,那就是一目了然,耐得咀嚼。几乎没有不认识的字,几乎没弄不明白的典故,也不刻意追求句式的工整对仗,但朗朗上口,极具现场感和独特的魅力。

迷上一个人的作品,成为其"粉丝"之后,大致会有两个结果:疯狂地追捧,无原则地崇拜。我虽然没有达到这种程度,也的确有超乎寻常的举动:选出大约四分之一的杜荀鹤诗作,然后将这篇原计划两千字左右的文章扩大四倍。我在正文里引用了杜荀鹤的四十篇诗作以及一些经典诗句,因此本篇文章也可以视为杜荀鹤的一种另类的诗选集,相信大家读后,会有一些触动。

据资料介绍,杜荀鹤登第时自编其诗为《唐风集》三卷,收律诗和绝句三百多首。现存有明汲古阁刊本、上海古籍出版社影印宋蜀刻本《杜荀鹤文集》三卷。中华书局于1959年4月出版了《聂夷中诗　杜荀鹤诗》,收杜荀鹤诗作三百一十七首,本文所引诗作均出自这个版本。

2018.7

一些故事

生活真是不可以随意对待

办公室搬远了之后，到单位的公交车只有两路了。一路车是我在旧居一直乘坐的，出小区后门就是车站，那边是终点站，下了车只需走两三百米就到了。搬到新居后，这边要多走两三百米，车子多一站路，也还方便。

后来，修地铁3号线了，开始堵了，其实就一个路口，但是总是堵，最厉害的时候会堵上半个小时。这可让人受不了，原本一个小时以内变成一个多小时，上班的路程变得艰难许多。

后来地铁5号线动工了，又影响到这路车，必须从我旧居西边的那条路绕行，这一绕就是两站路。

就在这个时候，另一路车出现了。

它原本也是从我旧居后门口经过的，因为经过老城中心，我也时常乘坐。没承想它也因为修地铁改道了，往西，从我新居边的马路走。原本以为它要经过闹市区，肯定会堵，耽误时间，谁知道试了一下居然很通畅，出发早一点只需四十五分钟车程，尽管下车后要多走几百米，但也不过几分钟的事，于是决定改东线。

初次乘坐就尝到了甜头，居然只要四十五分钟路程，加上两边步行的路程，一个小时绝对是够了。时间久了，也摸出一些规律：最好是七点左右上车，否则路上堵，时间会长许多；最好争取早一点上车，否则没有希望坐到位子；如果没有位子，那就赶紧到后面双排座之间的空地去,那样坐到位子的机会要多一些。写到这里我忽然发现,我是那样在意有没有位子坐。以前乘车不是这样啊。我想了一下,应该是路程太远,如果不坐下来啥事也干不成,的确有些浪费。

前一段时间大雪之后,公交车显得更加拥挤,拥挤到让人难以忍受的地步,因为你即便坐下来了,也没有任何私密空间可言,前后左右都是人。最要命的是它的班次似乎相对要少,这或许就是它总是拥挤不堪的原因之一。

于是我又想起那一路车子了,想起它的种种好处,基本上不会没有位子,越来越少的乘客,渐渐空阔起来的车厢。于是试了一下,居然比以前快了许多。

人其实就是这样,你看中什么、在乎什么,就去选择什么,而所有的选择一定是有利有弊的。

就在我决定弃旧迎新的时候,早晨一出门,就看到那拥挤的车子,它居然空了些,而下午下班点乘坐那辆空阔的车,居然被结结实实堵了半个多小时。看来什么事情都不能太绝对,灵活掌握,才会有一个好一些的结果。生活真是不可以随意对待,除非你是一个对一切都不讲究、不在意的人。

2018.2

雪天里的笑声

昨天上午接连拨了几次号码,才打通母亲的手机,我很认真地反复告诉母亲:"雪太大,两个人在家里一定要注意保暖,让老爸一定不要出门,需要什么东西就跟我说。"母亲一边答应着,一边说前天我家那位给他们送去了好多菜,今天二哥也买了蔬菜带过去,三哥也打了电话嘘寒问暖。

晚上母亲打来电话说,看电视上说雪很大,还有人伤亡,让我和儿子上班路上注意安全。老人家还特别关照前几天摔了一跤的媳妇尽量不要出门。

其实今年的雪真的不算太大,但因为出了那么些事,局面有些混乱而让老人感觉有些不踏实。可见对于老百姓来说,有效的机制和管理是多么重要。

现在合肥冬天下雪是越来越少了,估计和气候变暖有关系。在我的记忆中,合肥的冬天是经常下雪的,而且都是很大的雪,冰天雪地,一片白茫茫。那时候我家住的还是平房,下雪的时候屋顶上、院子里的雪都是挺厚的,得好多天才能化掉。由于气温低,白天屋顶上的雪水流着流着就变成了冰溜子(合肥人叫"冰冻溜子"),并且越来越长,沿着屋檐一溜挂着,煞是好看。但大人们却不这么认为,他们担心那些冰溜子什么时候掉下来砸了人,便把它们敲了下来。其实我们也会去敲那些冰溜子的,只不过我们要整的、长的,越长越好,然后把它握在手里,到处炫耀。有的时候如果我们判断手里的冰溜子很干净,便会把它塞到嘴里,冰棒一般地吃着。

大人们的关注点显然不是这些,他们要考虑的是一家老小的吃和穿这些当务之急的事情。那时候大家普遍都穷,非但是"九月衣裳未剪裁",甚至是寒冬腊月还没有着落都很正常,东拼西凑、勉强对付的事情真是太多了。父亲和母亲在对付这些事情的同时,还有一件事也是非做不可的,那就是铲雪。第一时间拿出铁锹,出门铲雪,从家门口到院门口,再到外面的路上,父亲一定是那批最早的铲雪者中的一个。后来我们兄弟陆续加入其中,速度自然要快上许多。下雪天铲雪也成为我们家的一个好传统。

下雪天从来就是孩子们疯玩的好时候,堆雪人、打雪仗之类太普遍,显得有些稀松平常,玩雪车才是比较新奇和刺激的事情。有条件的人家,孩子会用木棒绑扎出一辆比较像样的雪车,互相拉着满世界地跑。我们家可谓家徒四壁,没有多余的木棒,但是大哥点子多,悄悄地把家里一个宽面矮腿的板凳(据说以前是高腿的,腿坏了后锯短的)拿出去,反过来面子朝下,在一边横衬上拴上粗绳,一辆简易的雪车就做好了。大家轮流坐在里面,其他人拉着或者跟着跑,一路哇哇叫着哈哈笑着,欢快不已。遇到不平的地方或者转弯太急,"雪车"翻了,一帮人便会笑得更欢。

说起合肥的雪大,还有一个故事可以作为佐证,故事的主角还是我大哥。20世纪80年代的一个冬天,大雪过后的一天晚上,他居然和嫂子两个人用"雪车"把他们的女儿从望江路的手表厂宿舍拉到我们位于梅山路靠近安徽饭店的家。这回他的"雪车"比较高级,下面是用大毛竹和木棍绑扎起来的,上面还固定了一个竹椅,不过即便这样,这么远的路,专门要拣雪多的地方走,该有多辛苦。还有我那宝贝侄女,一路颠簸受冻之后,一开始的新奇兴奋劲儿估计已经没有多少了。

说来说去都是一些穷开心的事情,不过从这些事情里倒是可以看得出当时人们的生活状态和精神面貌。比如我的父亲,在我出生之前,他就遭遇人生的大坎坷,但在我的印象中,他似乎从来就没有灰心丧气过,即便是在靠边站做一些打杂的活的时候,依然如此。有一天晚上他带着我去长江剧院值班,住在剧院里的一位伯伯邀他到家里喝点酒暖暖身子,老哥儿俩在一起说了很多,也喝了不少。夜半时分往回走的时候,长江路上空无一人,地面上的积雪和水都结成冰,在路灯下反射着奇异的光线。父亲拉着我左驰右滑地走在人行道上,可谓险象环生,战战兢兢。父亲一边给我鼓劲打气,一边还说着些风趣搞笑的话,逗得我只顾得哈哈笑,忘记了害怕,也忘记了疲劳。

后来的日子里,我时常会想到这件事:那么一个夜晚,那么一条路,我和父亲一路上的笑声。

2018.1

父亲的针线活

前几天老爸说想买一件新棉衣,最好是过去那种棉花的,这可难为我了,哪里去买?于是试探着问:"我去年给你买了一件,你说不要,我就没敢拿过来,要不我拿给你看看,如果不行我再拿回去(说这话的时候,我暗自偷笑:好在我们尺码差不多,再过几年我也穿得上)。"老妈说,那就拿过来看看。前天上午让媳妇拿过去,没承想老人家一眼就看上了,虽然不是传统的棉袄,而且还是薄呢面子,立式内毛领,比较时尚。看来老人家心里想的和嘴上说的还是有点距离的。

下午我过去看老妈的时候,老爸正在加固衣服扣子,大大小小每一个扣子都要补上几针,连袖口边的装饰扣也不会漏掉。最让人佩服的是,老人家八十八岁了,居然不要别人帮忙,自己穿针引线。

其实这是老爸许多年一直坚持做的一件事。过去衣服扣子钉得不够牢固,时常会有丢失,而配扣子又是一件挺麻烦的事情,于是做事严谨的父亲便会事先做好加固,防患于未然。

父亲会做针线活完全是生活所迫。年轻的时候家里富裕,还有姐妹嫂子好几个,这样的事情轮不上他动手。后来遭遇厄运,孩子多,我母亲又身体差,他义不容辞地担起责任,烧洗缝补,各种活都能够对付。记得很清楚,父亲曾经和母亲一起做棉背心、翻新棉袄、棉裤,如何铺絮,哪里该薄,哪里该厚,如何打趟子固定棉花,如何合起缝边，两个人一起慢慢摸索琢磨，熟能生巧，让冷冰冰的日子变得温暖起来。

虽然说父亲会做针线活，但仅限于缝缝补补、棉衣翻新，裁剪制作新衣基本上是不会的。不过做棉背心是例外，这是父亲最拿手的一件事。按照家里的旧背心，照葫芦画瓢地裁剪，然后一步步做起来，最后成型，穿在身上既合身又暖和。尽管当时家里经济条件很差，但棉背心的面子尽量会用新布或者从旧衣服上拆下来的整布，至于里子就只能凑合了，旧布，甚至如百衲衣一般由碎布拼凑起来。

父亲做事和写剧本一样，非常认真，做起针线活来很是讲究，钉被子的时候，一定要把被里、被絮和被面铺得平平整整、服服帖帖后才下针。相比起来，母亲反倒是"马虎"一些，所以往往是父亲把被子铺好，由母亲来钉，毕竟她的针线活要比父亲好得多也快得多。

后来日子好过了，母亲退休了，身体也渐渐好了一些，父亲便专心做他的学问和事情，做衣服这样的事基本没有了，即便需要，也是我去跑腿交涉，但为新衣服加固扣子这件事他一直坚持在做，有的时候还会提醒我们不要忘了。

其他几位兄长是不是记着我不知道，在我这里哪里会忘得了呢？只不过一般衬衣我是不会动针线的，但是西装、外套、大衣一类的衣服，我一定会如父亲一般，郑重其事地拿出针线，不厌其烦地加固一遍。

什么叫传统？这就叫传统。

2017.12

钥匙失踪之谜

晚上刚到家,没说上几句,妻子就提起父母家大门的钥匙找不到了。她上午买了鱼送到老人家那边,洗好烧好之后才离开。而老人家午餐后发现门口鞋柜上的钥匙不见了,这期间除了老爸去了一趟居委会,没有其他人进出,因此猜测是不是妻子以为是自己家的而顺手带走了,更何况她还带了一个包,所以打电话过来问问。

妻子赶紧查了口袋后告诉母亲她没有拿钥匙,她的包是放在电视柜上面的,根本没动过,钥匙不可能在包里。

母亲听后很有些担心地说:"不会是挂在大门外面没拿下来,让别人拿走了吧?"妻子很确定地告诉母亲,钥匙肯定在家里,因为她擦鞋柜台面上的水时还看到了,同时让母亲不要担心,放下心午睡。

挂了电话,妻子担心自己记忆有误,还是把包里所有的东西都倒了出来,确认没有钥匙。

晚餐后,我和妻子想想还是过去一趟,虽然老人家们没有再打电话过来,但是如果老人家们心里不踏实睡不着觉,那就麻烦了。

气喘吁吁地爬上四楼,开门第一句话便是问钥匙可找到了。老爸说没有,而老妈居然睡下了,说是腰有些疼。于是我们一边与老人家讨论钥匙会在哪里,一边各处寻找了起来。厨房、卫生间、阳台,甚至冰箱,都找了一遍,没有。当然我们寻找的重点是鞋柜及其周围,鞋柜上很干净,一部电话机,一个水瓶放在托盘里。我们把鞋柜边地上的鞋子反过来倒了倒,把挂在鞋柜边的直柄伞也反过来倒了倒,把鞋柜的抽屉和各层的各种鞋子也都很仔细地查了一遍。全部过程中,几乎所有的地方都至少被老爸、我和妻子三人找过两次,因此,一个人在做的时候,旁边总有人在说"我找过了,没有"。最后,我们想到了垃圾袋,客厅的、厨房的,谨慎的老人家特地没有带到楼下去,我们自然很认真仔细地查看了一番。但是,没有,哪里都没有。

我决定放弃,转而开始宽慰起老人家。妻子似乎还在做最后的努力,她有些怀疑是不是老爸把钥匙带出去了,并问了老爸一次。老爸说他自己身上带了一套钥匙,而且用绳子固定在皮带上,不可能再拿钥匙。妻子有些不放心,还想再问一些细节,我打断了她,因为我知道这样会引起老父亲的反感。

在寻找钥匙的过程中,我们还把鞋柜上的电话机拿起来,把机子上面的盖布拿下来,希望能够发现钥匙的踪迹,我们甚至把鞋柜挪开一点,看看钥匙是不是掉到墙与鞋柜的夹缝里了。最后,妻子居然把水瓶拎了起来,我想,她如果和我一样知道水瓶底部是封实的,藏不了任何东西,估计就不会这么做了。但是她不但做了,而且还把由于有水而吸在一起的底盘一起拎了起来,于是,她就看到了——钥匙,藏在托盘底下的钥匙!

兴奋之余,我们分析了一下,应该是父亲在冲水的过程中移动了托盘,而托盘又是用比较软的塑料做成的,因此,尽管经过水瓶的重压有一点不稳当,钥匙还是成功地藏到了水瓶托盘底下。

这真是一件有些神奇而有趣的事情,它不但让我们的周末充满焦虑和辛苦,也给我们带来了意想不到的欣喜和乐趣。

2018.3

大山里的家

是一个只住了一个晚上的家,在大山的深处。

是一个总在找机会再去的家,在忙忙碌碌的空隙,在一个人独处的时候。

虽然某种意义上它并不完全属于我,但我觉得那没什么,人生在世,即便是你花钱购买的房屋,除去买卖,你也就是在"使用",更何况我们这代人多数时间住的都是只有使用权的房子。

有意向的时候,因为种种憧憬,有些激动。

真正签下协议的时候,冷静了一些,想得多了一点,居然有些忐忑。

到了装修阶段,各种琐事缠身,不能过去,似乎渐渐找不到感觉了。

直到要开村了,心里忽然热了起来,各种盘算和想法让我有些坐立不安。这时候我才发现,自己的那些忐忑和找不到感觉的原因,是自己没有能够一直在现场,没有能够见证和操心它的每一个细微的变化,而在我的内心里,是有很多构想和创意的,但是由于距离和时间,它们没有办法实现。

我选择的是从合肥带一些家具过去,尽管都是一些有年头的所谓旧家具,但它们都是经过我的手到了我的家,陪伴了我很多年。

清楚地记得我将那对高大的书柜买回家时的喜悦,它们是我单独添置的第一组书柜,六层书架加上两个抽屉一个小柜的大容量,瞬间缓解了越来越多的书无处可放的压力。

二十多年前,我和妻子拥有第一套新房子的时候,无疑是很开心的。由于房子很小,我特地定制了一套新颖简洁的新家具,两个高大实用的书柜,一套由两个半圆一个方形桌子和四椅四凳组合餐桌,一套由四个卧柜、一个床头组成的组合床,让许多人眼前一亮。后来组合餐桌给了父母亲,但书柜和床都一直跟着我,这几年调整房子后,组合床又成为我们卧室的主角。

10月20日,一辆车带着最早买的那两个书橱和组合床及一个三人木沙发、一桌一椅、一些图书,开赴霍山一个叫东西溪的地方。

这是我第一次这么远距离地搬家,一百五十公里,这样的事之前从来没有想过。当车子一路颠簸到达之后,当它们被一件件搬进房间摆放到位的时候,我忽然有一种感觉:这也是我的家了。因为这里不但有供我使用的房子,还有这些陪伴我很多年的家具和图书。我和太太这里收收那里叠叠,一派居家过日子的阵势。

当天傍晚带上门往回赶的时候,心里居然有些不舍,我明白我的一份牵挂留在了那里。

10月30日是作家村正式开村的日子,我们这些首批驻村作家原本也可以和从合肥过去的几十位作家、记者等各界名流一道,于当天早晨乘坐大巴过去的,但大伙儿一合计:不行,我们得早点去,把我们的房间收拾得更加清爽丰满一些。那一次的几辆小车估计是这么多趟中最为拥挤的一次,花花草草瓶瓶罐罐等各种软装呼呼啦啦带去了一大堆,当然少不了书。归置好一切后,女士们又去山上采花,把一间间房子装扮得浪漫温馨,充满了家的味道。

我们家可能是唯一一个全家出动的,因为房间多一些,自然要想办法把它们填满,因此到达之后第一件事就是去看家具。两张方桌凑起来是一个长方形的大桌子,铺上台布,配上几个凳子,放上一瓶花,立马有了感觉。买!一对全木单人沙发外加一个长茶几,和从家里带来的三人沙发正好配成一组,自然是要买的。还有两个床头柜、一张折叠凉床,都是会用到的,也一并拉了过去。

当天晚上,大家正式住下了。深秋的山村之夜已经很有些寒意了,它的寂静和清晨时分的鸡鸣、炊烟,让我们这些久居城市里的人多少有些不适应,儿子更是有一种疏离的感觉,想来也是,在他的记忆里,何曾有过这样的生活经历?

第二天下午,隆重的开村仪式之后,我们赶紧往家赶,打开所有房间的门,迎接一批又一批客人。著名作家王蒙在一大帮人的陪同下来了,只见他下了一级台阶后径直向我楼下的客厅走来。老先生进门之后,驻足在房间中间的长方形大桌前,翻了翻桌上的"合肥文字"丛书,一边听着当地陪同人员的介绍,一边看看墙上的画和房间的布置,微微地笑着,平静而放松。送走王蒙先生没一会儿,又看见刘醒龙老师笑眯眯地走过来,因为更熟一些,他老远便问我的房间在哪里。我一面答着话,一面把他往客厅引,这儿站站,那儿看看,间或说上几句俏皮话,引得一班人哄笑。太太在楼上照顾客人,见楼下客人络绎不绝,便赶紧让儿子下楼来。小子腼腆,愣是没有挤进自家的门。事后我们聊起这事,还嘲笑他。我则同时还有一点点虚荣的小确幸:这个大山里的家居然一日之内有两位茅奖得主光临,真正是蓬荜生辉啊!哪天把两张名人光临的照片放大挂在墙上,让这沉寂了几十年的老屋有一些新的故事。于我,这大山里的家因此更多了一些记忆和念想,一些时时记起、牵挂的理由和线索。

2017.11—2017.12

路上聊天

城市大了，步行少了，边走边聊这样的事情基本没有了。我所说的"路上聊天"指的是那种打车时的聊天，当然基本上是师傅说我听。出租车司机喜欢说话，估计是一种职业习惯，整天路上跑，闷着的时候多，遇到像我这样的对话嘉宾，难免打开话匣子，滔滔不绝。

比如昨天，一位司机就说了一番让我印象深刻的话。他看上去比较沧桑，属于那种混过世面的主儿，稳稳地坐在那儿，说起话来中气很足，也比较冲。他的话题从房价开始，然后讲到出租车营运证。前几年营运证一路飙涨到一百多万的时候，他动过心思把营运证卖了，这样他可以净赚八十多万（他的是三十多万买的），然后去买一套房子，过几年营运证价格下来了再买回来，但是他老婆不同意，没有办成。我笑："你还是不当家，你就坚决把证卖了又怎么样呢？"他忽然变得愤怒起来，快速说了一句俗语，意思是女人当家就不会有什么好结果。然后他接着说："不跟她讲那还不闹翻天了？那天她讲我跑车子挣不到钱，我一下子把碗摜的了，她吱都不吱一声。"

"几个孩子啊？"我岔开话题。"一儿一女，大的是女儿，两个孩子都成家了，我外孙都上学了。"我看了他一眼，不像啊，看上去没那么大，于是问他："你五十多了？""五十五了。"话语中有些暮气。"哦，那你结婚早。"他笑："农村人都这样。"

他说幸亏早早在东城买了一套房子，不然的话现在也买不起了。说起买房子，他的话就更多了。十多年前他刚刚买了出租车，手里没有几个钱，但看着房价一天天往上涨，他坐不住了，找亲戚借了六万元，排了一天一夜的队，买了一套九十多平方米的房子。事后亲戚朋友都说他厉害，没有钱也敢买房子。"想想那时候房子还是很便宜的，一二十万就能够买一套房子。不像现在，没有个一两百万，你根本买不到房子。"说起去年的房价疯涨，他很有些感慨。

他收回话题，继续说他的故事：买了房子后，好不容易还了债，有了一些积蓄，儿子又急吼吼要结婚，小子和女朋友都才二十多点，让他们缓缓，不愿意，非要着急结婚，结果又花掉几十万。当时如果用这个钱买套房子，老两口现在也不至于还要租房子住。"为什么要租房子住？"我问。他叹口气说："清净，孙子我们带，随他们怎么过。"

"孩子们都工作了吧？"我问。"都工作了，儿子在帮别人开车，媳妇家里拆迁，有好几套房子，不缺钱，不想工作，开始还有情绪。我讲：'你要是在家能把孩子带好，你就不工作，让你妈（婆婆）出去打一份工。'他们想想，还是出去找了一份工作。"停顿一下后，他又补了一句，"年纪轻轻的，整天蹲在家里玩手机怎么行呢！"

"那你们年纪大了怎么办？不能总租房子住啊。"我显然有些瞎操心。他笑："回农村住，老家有房子有地，吃喝不愁。车子也一直留着，给别人开，它就是我儿子。"

说这话的当口儿，绿灯亮了，一个油门，车子轻松地开出很远。被太阳晒了一天的空气暖暖的，从窗户缝隙里钻进来，柔柔地吹到脸上，胸口那个有些紧巴的心渐渐舒缓开来。

2017.1

兄弟，我在想你！

8月23日，是你离开这个世界四周年的日子，此刻，兄弟，我在想你。

四年前的今天，当你的身体瞬间变了颜色的时候，我有一种窒息的感觉，仿佛有一把刀戳向了我的心。

我从来没有想到，一个没有血缘关系的人的离去会让我的心如此之痛。很长一段时间里，每天早晨醒来的时候，你总在我的面前，笑眯眯地看着我，一如你活着的时候那个样子。

说起来我们也许算不得那种特别亲密的朋友，但我们之间的那种缘分和在乎又让我感觉我们的关系超乎一般的朋友。

我至今清楚地记得第一次见到你时的情形，二十年前，你以你那标志性的笑容给我留下了深刻的印象：一个阳光而和气的小伙子，一个招人喜爱的年轻人。

我们曾经在一个部门工作了几年，然后便分开了，在不同的岗位上做着自己的事情。因为业务，我们时常会有一些电话联系和一些不多的聚会，保持着淡淡的友好的那种关系。

2000年以后，我们的工作地点近了，互动交流的机会多了，有了很多一起开心欢笑的时光。

我知道你在任何岗位都是一把业务好手，付出很多辛苦，也受到很多赞誉。因为好脾气,你总是任劳任怨,不分昼夜地超负荷工作。疲惫的笑容成为你新的标志。

你重感情,无论是业务上的朋友,还是身边的兄弟,你总是不愿意让别人失望,餐桌上、娱乐时,你都是最守时守信的铁哥们儿。

好人总是辛苦的,你的好脾气让你吃了不少苦,也让你结交了不少好朋友、真哥们儿。你出事的当天晚上,你的几十位各个时期的老师和同事赶到医院,守候在重症监护室门外,有一个业务单位的兄弟从南京赶过来,和我一起在大厅里守了你一夜。

第二天晚上,我又在大厅里守候到半夜,直觉告诉我,或许这是最后一个晚上了,我为自己左右不了局面感到心痛。当你被那个莽撞的年轻人撞飞的那一刻,当你躺在医院的急救室里成为一个无名氏的时候,当你的电话被我打通大家才知道你出事了的时候,当你的周围围拢着许许多多关心爱护你的人的时候,局面已经一步不停地朝着某个方向发展。其实一切在出事之前就已经打下埋伏,兄弟,你真是一个苦命而不幸的人!

"不得味"是我听到你说过的最多的一句比较消极的话,尽管你遭受那么多的委屈和郁闷,但你从来不愿意说哪怕一句怨言。

你走了以后,很多人为你难过为你哭泣,来自全国各地的朋友为你送行,场面让人感慨、感动。直到今天,无论是本地还是外地的朋友在一起,只要提起你,大家依然会叹息、难受,依然会在酒后打开心扉为你哭泣。兄弟,你至今依然是我们心里的痛!

兄弟,当我们终于打听到你的长眠之地后,我们来看你,我们的思念和心情,你应该是知道的,因为在我们的心里,你还活着。

兄弟,我在想你!

2017. 8

行走记录

淮安：淮河从来没有离开

一

淮安是一座小城，又是一座大城。

"小城"淮安从公元489年开始，1500多年间，尽管区划和隶属多变，但一直作为一个县存在着。1988年2月，淮安撤县建（县级）市；2001年2月撤市建区，更名为"楚州"；十一年后，楚州区更名为淮安区，形成大小"淮安"共存的局面。

"大城"淮安这块土地跨古淮河两岸，夏、商、周时期为"淮夷""徐夷"聚居地，春秋战国至南北朝，隶属多变。隋、唐、五代、北宋期间，大多数时间内，淮河以北属泗州，淮河以南属楚州。南宋时撤楚州，升山阳县为淮安军，不久改淮安军为淮安州。元朝之后，先后设淮安路、淮安府。1914年撤淮安府，地名和政区多变。1948年全境解放后，从两淮市到淮阴专区再到淮阴市，区划逐步稳定下来。至1987年，区域面积达到一个最高值，辖十三个县、区、市，1996年析出五县。2001年2月，淮阴市更名为淮安市。

也就是说，"大城"淮安十几年前还是叫淮阴的。

我对"小城"淮安的认识是从十九年前开始的，它给我的第一印象是周恩来总理的故乡。记忆最真切的是老旧的城市、崭新的纪念设施，还有很有些夸张的汤汤水水的淮扬菜。另外还有一种香烟牌子我也记得很清楚——一品梅,也是为了纪念周总理的。

如今再去,第一站依然是驸马巷的周总理故居。但随后我们的视线便拓展开来,追随着这片土地上纵横的水流,越走越远,走到大淮安的各个地方。

我们首先去的,是一个叫堂子巷的水利控制工程。那个平时潜在水底,需要的时候翻转出来的巨大闸板,蓄水或者排涝,让一行人感叹不已。这个控制工程修建在里运河上,与我们要探访的淮河还有一点距离。这让我有了一些疑问和兴趣:在淮安,淮河之外,到底还有多少其他的河流?

淮安的朋友告诉我,淮安五水穿城,是一座漂浮在水上的城市。五水是指二河、大运河、里运河、废黄河和盐河。除此之外,还有许多沟河湖汊,因此行走在淮安的土地上,你会感觉水是无处不在的。水多自然桥就多,在淮安既有一座依次跨越京杭运河、盐河、废黄河、二河、淮沭河等五条河流,全长2062米,宿淮、宁淮高速公路共用的淮安特大桥,也有不过10多米的小桥,形态各异,堪称一景。

听完介绍,我的新问题又来了:尽管是五水穿城,但似乎与淮河没有什么关系啊,淮河在哪里?

是啊,淮河在哪里?要回答这个问题,自然要从淮河说起。

查了资料,千里淮河分为上中下游三部分,豫皖两省交界的洪河口以上为上游,洪河口至洪泽湖出口处的三河闸为中游,洪泽湖以下的入江水道为下游。

洪泽湖水的出路有三条:

一条是出三河闸,由三河东南流经入江水道,穿高邮湖、邵伯湖出六闸,再经运盐河、金湾河、太平河、凤凰河和新河等水道,汇入芒稻河,至三江营注入长江。这条淮河入江水道全长158千米,最大泄洪量12000立方米每秒,是淮河下游的主要泄洪河道。

第二条出路是经高良涧闸,顺苏北灌溉总渠,经洪泽、淮阴、淮安、阜宁、滨海、射阳等县(区),由扁担港入海,全长168千米,主要引湖水灌溉里下河地区,亦兼作排洪之用。

第三条出路是经二河闸,顺淮沭河,到杨庄水利枢纽分为两支,一支由中山河出套子口入海,一支由淮沭新河入临洪河归海。这一路流量很小,汛期排洪流量只有500立方米每秒。

第一条出路先东后南,基本上可以说是南下;第二条是往东偏北,我们姑且称之为东进;第三条是先北后东,应该算是北上。无论是南下、东进还是北上,淮安段都是很关键的。从这个意义上说,在淮安这片土地上,淮河从来没有离开过。

当然还有废黄河,现在的淮安人更愿意称它为古黄河或者古淮河。几个名字,一条河流,为什么会这样？它到底经历了什么？它被"废"了之后,淮河的水又流到哪里去了？

二

淮河曾经是一条温和的河流。

历史上的淮河与长江、黄河、济水并称"四渎",是独流入海的四条大河之一。史料记载:"导淮自桐柏,东会于泗、沂,东入于海。"据此可以看出,历史上的淮河在盱眙以西大致与今淮河相似,至盱眙后折向东北,经淮阴向东,在今涟水县云梯关入海。当时的淮河干流河槽比较宽、深,沿淮无堤,而且也没有洪泽湖。

再看一看今天的淮河就会发现,无论是走向还是格局与记载都有着很大的变化,而造成如此状况的原因,就是黄河夺淮。

由于黄河擅淤、擅决、擅徙,2000多年来有明确记载的黄河泛滥1500多次,改道26次,其中包含多次夺淮事件。有观点认为:"黄河夺淮是淮河变迁史上最为重大的变故,它直接改变着淮河的根本面貌,决定着淮河的前途面貌,可以说,一部淮河变迁史,简直就是黄河夺淮的历史。"

由于淮河以北地区地势北高南低,所以黄河一旦南决南泛,势必造成河水倾泻而下,淤夺淮河北岸支流,打乱河湖水系,严重时则会直接影响到淮河干流。而对淮河影响最大、延续时间最为长久的,无疑是1194—1855年长达661年的黄河夺淮,也正是此次夺淮,彻底改变了淮河的面貌。

滚滚黄河裹挟着大量泥沙奔腾而下,不但淹没了泗州县城,最终形成悬于地面之上的洪泽湖,而且大量泥沙淤积使得淮河入海出路受阻,下游三角洲向东延伸了约50千米,淮河故道渐渐淤塞。清咸丰元年(1851年),淮河洪水冲决高家堰南段礼字坝,夺路入江,成为长江的支流。清咸丰五年(1855年),黄河在河南铜瓦厢决口,夺大清河由山东利津入海。

黄河走了,但淮河入海故道已淤成一条高出地面的废黄河,这条地上河将淮河流域分为淮河水系和沂沭泗河水系。古济河、钜野泽和梁山泊均已消失,同时又形成洪泽湖、南四湖和骆马湖等新的湖泊。因此,中华人民共和国成立前,淮河水系紊乱,排水不畅或水无出路,造成了"小雨小灾、大雨大灾、无雨旱灾"的局面。中游的水下不来,下游的水又流不出,淮河成为一条特别难以治理的河流。

失去了出海口的淮河仅仅依靠长江这一条出路显然是不行的,大汛时任其横冲直撞、肆意流淌显然也是不行的,于是想到了挖一条兼有排涝、引水、航运、发电、泄洪等多项功能,同时还能引进洪泽湖水源,发展废黄河以南地区灌溉的苏北灌溉总渠。

这真是一个了不起的设想!

苏北灌溉总渠西起洪泽湖,东至扁担港口,横贯淮安、盐城两市,渠道全长168千米。该项工程由江苏省治淮工程指挥部组织施工,1951年10月开工,1952年5月完成,仅仅用了8个月的时间。

总渠的渠底宽自上往下有140米、50米、60米、110米4种,一般挖深与堤高各为3米左右。与此同时,还要在总渠北堤外平行开挖一条排水渠,用于排除总渠北部地区的内涝。可以想象这是多大的一个工程量,凭着人拉肩扛,修渠者该付出多大的牺牲。

总渠设计引水流量500立方米每秒,计划灌溉里下河和渠北地区的360余万亩农田。汛期排洪流量800立方米每秒(1975年7月,淮安以上实际最大泄洪流量达1020立方米每秒),当渠北地区内涝加重时,则利用总渠和排水渠之间的渠北、东沙港两个排水闸,调度涝水经总渠排泄入海,以减轻渠北排水渠的排水负担。

苏北灌溉总渠经过多年排涝、行洪检验,各项技术指标均达到设计要求,为苏北里下河地区的灌溉和淮河下游排洪做出了重要贡献。苏北灌溉总渠的设计可以灌溉里下河平原和渠北地区的360多万亩农田。

高良涧至淮安段总渠为淮河上中游与京杭运河航运纽带,也是淮(淮南)申(上海)煤运航线和南水北调东线输水干渠的重要组成部分,下游阜坎船闸为通(南通)榆(赣榆)航线所必经。

我尽量把那些过于专业、显得有些枯燥的叙述变得简练通俗一些,实际上我更明白,在这些似乎缺乏一些色彩和温度的文字后面,是一张张舒展眉头、欣慰的笑容。当汹涌的洪水驯服地顺着总渠流向海洋的时候,当渠水在大旱之年为土地输送去比油还贵的淮河水的时候,当渠内日夜流淌的淮河水变成了发电动力的时候,当一条条船儿顺着总渠能够一直开到大海的时候,你一定会认同我之前的判断:开挖苏北灌溉总渠真是一个了不起的设想!

三

淮安因淮河而兴,又因淮河而饱受磨难。

淮安曾经是淮河下游流经并由此入海的唯一一座城市,它的兴盛与衰败都与淮河有着密切的关系,尤其是在黄河夺淮的六七百年间,更是饱受洪水肆虐之苦。

淮安,淮水安澜之意。在淮安,"安澜"一词几乎是随处可见,尤其是在一些碑刻中。在我国治水和漕运史上唯一保存完好的衙署园林、全国文保单位清晏园的御碑中,"安澜"一词也多次出现。"安澜"语出《文选·王褒〈四子讲德论〉》:"天下安澜,比屋可封。"其本义为水波平静,现也常常被人们比喻为时世太平、祥和之兆。淮安之名应该是兼含以上两种意思,是祈祷,更是一种目标。

历史上淮安(县)的地位特殊,大运河和古淮河在淮安城边交汇,使淮安成为南北交通咽喉和军事重镇,因而是历代县州郡府路治所。其城池建设风格特殊,至明代,逐步形成了老城、新城、联城三城相连的独特结构。老城又称"旧城",周长5500米,有城门5座,是淮安的主体。新城即北辰坊,在旧城之北,周长3567米,也有城门5座。联城在新老二城之间,俗称"夹城",东西城墙分别长854米和752米,有城门4座、水门4座。联城的建造,使得淮安的旧城、新城连为一体,这种三城并列的格局在我国建城史上是不多见的。

我是在9月份再一次去淮安的时候,在漕运博物馆看到淮安县老城沙盘模型的,当时的感觉真是既新奇又有些震撼:密布的建筑,亮着灯光的窗口,曾经都是一户户人家,一个个鲜活的生命,而淮河于他们来说,是怎样的一种生活?那些已经久远了的祥和富足的日子,应该是一种传说一样的过往,和他们面对的是截然不同的两种东西。

淮安的兴起应该是在周敬王三十四年(前486年)之后,不过那时候它还叫北辰镇。因为吴王夫差开邗沟沟通江、淮,邗沟入淮处末口就在淮安,春秋战国时期江淮之间一条重要的陆上交通干道——善道,也经过淮安,同时淮安还有重要的灌溉资源和设施。

淮安城真正繁荣起来应该是因为大运河的贯通,隋炀帝开挖通济渠,自洛阳次第连接谷水、洛水、黄河、汴河,至泗州城下的汴口入淮河,接着又将邗沟改道取直。运河贯通后,水陆交通空前活跃,沿线城镇迅速繁荣起来,其中又以楚州和泗州为甚。

但是到了北宋末年,金兵大举南侵,淮安遂成为南宋与金、元对峙的前沿,饱受战争之苦。宋高宗建炎四年(1130年)赵立保卫楚州之战,全城军民伤亡殆尽。之后连年战争,淮安屡遭毁坏,一度几乎沦为一座空城。

如果说战争已给淮安重创的话,那么黄河夺淮则让淮安这片土地雪上加霜。1194年,黄河决溢由泗入淮,徐州以下的泗水水道和泗口以下的淮河河道成为黄、泗和黄、淮的共用河道,元至元(1264—1294年)以后,黄河大半入淮,河患逐渐加剧。元泰定(1324—1327年)中,黄河河水冲毁了有2000余年历史的重镇泗口(大清口城)。

资料介绍,当时清河县城小清口"惶惶然有朝不保夕之虞"。明中叶以后,"水大时,黄河卷土囊沙,浊流一泻千里;水小时,流缓沙停,河床不填自满"。小清口的防洪堤坝也渐渐"形高如城",洪水到来的时候,四面洪涛激荡,城内街市如盆地深陷。可以想象,那时候城中居民是何等惶惶不可终日!乾隆二十六年(1761年),县城迁至清江浦,小清口渐渐淤埋至地下五六米深处。

位于小清口以下的淮安城市和周围的广大农村,经常为黄河决溢洪水肆虐所苦。乾隆三十九年(1774年),黄河暴涨,在老坝口决溢,汹涌的河水直泻东南,横扫马家荡、射阳湖和淮安三城,板闸和河下湖嘴一带"水深及檐"。等到堵上决口,洪水消退,山颓湖淤,城池一空,幸存的居民四处逃难,水渡口以东由此日渐式微。

经过长时间的此伏彼起、沧海桑田,人们渐渐重新寻找出生存和发展的途径,15世纪初,淮安终于呈现出相对稳定的格局,出现了历史上的第二次大繁荣,并且一直持续到19世纪中叶。

然而,黄患的阴影始终没有去除,人们对黄河造成的洪涝级大量泥沙的抗争与治理也一直持续着。但历经几百年之后,至清道光年间,淮河以北的漕运因黄河日益频繁的决溢和河床的逐渐淤积而日益艰阻,而河身因淤积日益增高,严重威胁山东南运河和中运河堤岸安全。同时因"借黄济运"补充水量带来的泥沙沉积,严重影响航运。

1855年黄河北徙之后,凶猛泛滥的黄河水冲击山东境内的运河堤岸,最终致使南运河乃至整条运河10余年浅塞不通,江南漕粮大部分转由海运。随着上海轮船招商局海轮的投入使用,淮安完全失去漕粮运输枢纽的地位。

四

如今在淮安,依然可以看到漕运总督署遗址和复建的大门,可以在不远处的中国漕运博物馆内看到布展新颖、生动全面的漕运的基本状态和兴衰历史,可以看到我国治水和漕运史上唯一保存完好的衙署园林,可以在我国治水和漕运史上唯一保存完好的衙署园林、全国文保单位、国家水利风景区、有着"江淮第一园"之称的清晏园里寻觅到历届兼理河务的漕运总督的遗踪。

漕运者,水道运粮也。水是人类生命的起源,漕运是王朝兴衰的命脉。因此,历代统治者都很重视开凿运河,以确保漕运通畅。

金元明清四朝建都北京,更进一步加大力度开凿运河,沟通河北、山东运河河道,以南接江淮各地。尤其是在忽必烈时期,开凿了济州河、会通河、通惠河等河道,使得大运河贯通南北,把南北各大经济区直接连接起来,成为中国运河变迁史上自隋以后又一次重大转变,奠定了京杭大运河的基本走向及规模,使得明清成为漕运的最盛时期。

淮安是南北水运枢纽、东西交通的桥梁。《重修山阳县志》载:"凡湖广、江西、浙江、江南之粮船,衔尾而至山阳,经漕督盘查,以次出运河,虽山东、河南粮船不经此地,亦遥禀戒约。故漕政通乎七省,而山阳实属咽喉要地也。"当时,千万艘粮船衔尾而至淮安,由末口入淮北上。粮船卸载之后,再从河下装满盐运往南方各地。南粮北调、北盐南运都要途经淮安,淮安因而成为漕运、盐运集散地,在漕运史上占有特殊地位。

自隋起,朝廷在淮安设漕运专署;宋设江淮转运使,东南六路之粟皆由淮入汴而至京师;明清在这里设总督漕运部院衙门,以督查、催促漕运事宜,主管南粮北调、北盐南运等筹运工作。其中明朝是永乐年间迁都北京后,确立以内河为主的漕粮运输制度,"乃命武职重臣总理。景泰间,更命都御史同莅其事。……其都御史则兼巡抚,总兵则兼镇守,参将则协同总兵官",均驻节淮安,时称"文武二院"。这是我国历史上首次将主管漕运的最高指挥官驻地设立于京城以外的地方。

明万历年间,裁撤漕运总兵官,由文官总督漕运。

漕运总督驻节淮安,使淮安成为全国漕运指挥中心,直到清末漕运总督裁撤,历时近500年。

淮安特殊的地理位置,极大地促进了淮安的商业和娱乐业的繁荣。漕运总督机关有着大批理漕官吏、卫漕兵丁。漕船到达淮安后,需接受漕台衙门的盘查,千万艘粮船的船工水手、漕运官兵在此停留,南来北往的商人在此进行货物交易,旅客也在此盘桓。为周转粮食,淮安设立常盈仓两处、常平仓两处、预备仓三处、庄仓五处……更大大提高了淮安的商品需求量,促进了商业的发展。当时这里城内外店肆酒楼鳞次栉比,夜夜弦管笙歌,呈现出一种畸形的繁盛。

那天在淮安清晏园参观的时候,一个院落里矗立着四位治河名人的铜像,我在每一座铜像前伫立并通过铜像前的文字介绍了解名人的生平事迹的时候,蓦然发现"合肥"二字,这个发现让沿着淮河走了几天有些疲惫的我顿时来了精神。定睛细看,这位相貌沉稳敦厚的合肥老乡名字叫陈瑄。

通过介绍及后期查阅相关资料,我得到一份比较全面的陈瑄生平事迹。

陈瑄(1365—1433年),字彦纯,合肥人,明代军事将领、水利专家,明代漕运制度的确立者。

陈瑄随父以义兵千户归附朱元璋,少从大将军徐达,一箭射雁知名,屡从出征,骁勇善战。早年曾参加明军平定西南的战争,历任成都右卫指挥同知、四川行都司都指挥同知、右军都督府都督佥事等职。靖难之役时率水师归附明成祖,被授为奉天翊卫宣力武臣、平江伯。

陈瑄历仕洪武、建文、永乐、洪熙、宣德五朝,自永乐元年(1403年)起担任漕运总兵官,后期还兼管淮安地方事务。他督理漕运三十年,改革漕运制度,修治京杭运河,功绩显赫。宣德八年(1433年),陈瑄病逝于任上,享年68岁,追封平江侯,赠太保,谥号恭襄。

陈瑄是中国历史上第一任漕运总兵官,督理海上漕运、内河漕运共计三十年,为明代漕运事业的发展和漕运管理制度的创立做出了贡献。

陈瑄在理漕的同时,还针对南北两段京杭运河的治理与改造,提出了大量的建议。他所实施的治河措施,解决了许多工程技术上的难题,也为后代治理京杭运河打下了良好的基础。

很显然,陈瑄不但是一位有着赫赫战功的武将、沉稳干练的官员,更是一位治河漕运的开拓者、一位水利方面的专家。

清晏园位于江苏省淮安市清江浦区人民南路之西侧、环城路之北侧,为国家AAA级旅游景区,融北方的开阔与南方的玲珑于一处,是苏北地区最有代表性的古典园林。

明永乐时,清晏园为督理漕粮的管仓户部分署,距今已有近600年历史。清康熙十七年(1678年),因考虑到淮安是黄河、淮河、京杭大运河交汇处,是治河工程最重要处,清政府决定在清江浦设官治河,河督靳辅在明代户部分司旧址设立行馆,雍正七年(1729年),改设江南河道总督署。经历任河督整修,清晏园渐成规模。

河道总督署是清代全国最高的治水机构,是国家在京城以外专设的治河决策、指挥和管理机构,管辖着黄、淮、运河。从1678年始,清代常驻淮安的河道总督有72任,共58位,历时183年;咸丰十一年(1861年),清政府裁河道总督,由漕运总督兼理河务,迁驻清宴园,历时43年;光绪三十年(1904年),裁漕督,总督署改为江北巡抚署;1905年改设江北提督于此。

河道总督直接受命于皇帝,下辖四道二十四厅二十四(河兵)营,其"规模之大,县城无两"。河道总督的正职多为正二品,或是从一品,副职为正三品。朝廷还常以官阶较高的官员任河道总督,如高斌、嵇曾筠等人均授大学士衔。可见淮河治理在历代统治者心目中的位置是多么高。

五

在淮安区上坡街北口,隔着西门大街的街心公园里,有一个造型古朴的"淮阴市碑"实心碑亭,碑的正面有"淮阴市"三个大字,两边有"王孙遗址""国士流芳"字样;碑的反面文字是"汉淮阴侯韩信故里",两边的八个字干脆利落:"文官下轿""武官下马"。

韩信(?—前196年),秦末汉初著名军事家,古淮阴人。其因"连百万之众,战必胜,攻必取",佐汉灭楚定天下而"勋冠三杰"。如果要用一些关键词概括韩信的一生的话,那就是"一饭千金""胯下之辱""萧何月下追韩信""明修栈道,暗度陈仓""置之死地而后生""十面埋伏""四面楚歌""成也萧何,败也萧何"等。一个人的一生能够与如此多的成语联系在一起,也从一个侧面说明他是何等了不起的人物。

如果说韩信是淮安古代军事家的代表人物,那么关天培无疑是淮安近代最著名的军事家、一位彪炳史册的民族英雄。

关天培(1781—1841年),鸦片战争中的抗英名将,江苏山阳(今淮安区)人。他自小习武,清嘉庆八年(1803年)中武秀才,授把总,后累升至参将。道光六年(1826年),清政府初办漕粮海运,关天培押粮船千余艘平安至天津,旋升副将,次年擢总兵,1832年春署理江南提督。道光十四年(1834年),关天培任广东水师提督,即致力于加强广东沿海的防务,支持林则徐实行禁烟。鸦片战争中,虎门炮台受胁后,清政府却不发援兵,关天培心急如焚,决心与虎门炮台共存亡,并遣人将自己的遗物"堕齿数枚,内衣数袭"、一绺头发及一封简短家信缄封寄淮安家中,以示诀别。信中说:"国家多难之秋,正是儿捐躯报国之时,今呈上牙齿和头发,望老母勿以儿为念。"

1841年2月,英军对虎门要塞发动总攻,关天培亲临靖远炮台指挥,负伤十余处尚亲自开炮还击敌军。至傍晚时,英军攻入炮台,关天培持刀奋战,被砍伤左臂,后被枪弹击中,口中仍然大呼杀敌。他在靖远炮台率孤军英勇奋战,创痕遍体而战死。

著名的西汉辞赋大家枚乘(？—前140年)是古淮阴人,他的儿子枚皋也是辞赋名家。

枚乘,字叔,古淮阴人,西汉汉赋的开创者之一。初为吴王刘濞郎中,吴王有叛心,枚乘上书谏劝,吴王不听,于是枚乘投奔梁孝王刘武。景帝时,吴王参与六国谋反,枚乘又上书劝阻,吴王仍然拒绝了他的劝告,最后兵败身死。枚乘也因此而知名。"七国之乱"平定后,景帝拜他为弘农都尉,他不愿做郡吏,称病离职,仍旧到梁国,为梁王的文学侍从。汉武帝刘彻在做太子时就仰慕枚乘的辞赋和谋略,甫一登基,便遣使臣专程接枚乘去长安,用蒲草缠裹车轮以减轻路途上的颠簸(以安蒲轮),无奈枚乘年老体弱,最终死于途中。

枚乘幼子枚皋,自幼受父熏陶,善于辞赋。17岁上书梁王,亦做文学侍从。枚皋练就了一腔急才,作赋速度快得惊人,远远超过了司马相如,故有"枚速马迟"之说。他才思敏捷,一挥而就,人以"马上文"称赞他。

枚乘、枚皋父子因文采飞扬名噪一时,同样是淮安人的南北朝时鲍照、鲍令晖兄妹则以诗文俱佳声播四海。

鲍照(414—466年),字明远,南朝东海郡(今淮安市涟水县)人,南朝杰出文学家,著有《鲍参军集》,与谢灵运、颜延之并称为"元嘉三大家"。鲍照出身寒微,因诗为临川王刘义庆所赏识,擢为国侍郎。孝武帝即位后,迁升太学博士,兼中书舍人。临海王刘子顼出镇荆州时,鲍照为前军参军、掌书记,世称"鲍参军"。后晋安王刘子勋谋反,子顼起兵响应,兵败,荆州大乱,鲍照为乱军所杀。钟嵘说他"才秀人微,故取湮当代"。

鲍照诗、赋、骈文俱佳,而以诗的成就最大。其妹鲍令晖是南朝宋、齐两代唯一留下著作的女文学家。

当然,如果论在当代的影响力,出生于楚州河下古镇的吴承恩无疑是首屈一指的,因为他写了一部《西游记》。

吴承恩(1504？—1582年？),明代小说家,字汝忠,号射阳山人,淮安山阳人。

他生于一个由读书人沦落为小商人的家庭,家境清贫。吴承恩自幼聪明过人,《淮安府志》说他"性敏而多慧,博极群书,为诗文下笔立成"。但他科考不利,至中年才补上"岁贡生",后流寓南京,长期靠卖文补贴家用。晚年因家贫,他出任长兴县丞,由于既清高孤傲,不屑与俗吏为伍,又无实际事务经验,直至被诬下狱,仅一年多便拂袖而去,完成《西游记》的写作。

9月份那次去淮安,我住下之后出门散步,北行数百米,见一院落古朴别致,不禁看了一下院门上的匾额,居然是刘鹗故居。当时天色已晚,第二天我专门去参观了一下。

刘鹗(1857—1909年),清末小说家,有代表作《老残游记》。估计许多人和我一样,对他的了解仅限于此。通过此次参观,我对他有了进一步了解:原名孟鹏,后更名鹗,字铁云,号老残。刘鹗自青年时期拜从太谷学派南宗李光炘(龙川)之后,终生主张以"教养"为大纲、发展经济生产、富而后教、养民为本的太谷学说。

刘鹗出身于官僚家庭,但不喜科场文字。他承袭家学,致力于数学、医学、水利、音乐、算学等实际学问,并纵览百家,喜欢收集书画碑帖、金石甲骨。其所著《铁云藏龟》一书,最早将甲骨卜辞公之于世,"甲骨四堂"中的"二堂"(罗振玉号雪堂,王国维号观堂),都直接或间接地受到刘鹗的影响。

刘鹗的家族世居江苏丹徒(今镇江市),其父亲一直在河南做官,淮安的这所房子系其父早年购得,辞官回来后一家人便一直住在这里。从某种意义上说,刘鹗一家应该是卜居淮安,属于移民。其实这也从另一个角度说明运河"淮扬苏杭"四大都市之一的淮安是一个极富吸引力的地方。

同样属于移民的名人还有很多,其中有一个周姓家族。浙江绍兴人周攀龙在清咸丰年间跟随二哥周昂骏北上淮安,随馆学幕,并在此定居下来。后来周攀龙做了山阳县令,并和来自江西南昌的清河县令万青选成了儿女亲家。他的儿子名叫周贻能,媳妇万冬儿。1898年3月5日,他的孙子出生在位于驸马巷的家里,这个孩子小名大鸾,字翔宇,大名周恩来。

我至今清楚地记得第一次到淮安的时间,1998年3月4日,因为第二天是周恩来总理一百周年诞辰,因为有一大批首日封、极限明信片等想在第二天加盖邮戳和实寄,我没有和同事们一起离开,在淮安住了一个晚上。很显然,周恩来是我知道的第一位淮安名人。

有意思的是,刘鹗父亲在河南任上曾多次治理黄河,卓有成效,提出过一系列治水主张,刘鹗后来投身于黄河治理显然是受到父亲的影响。同样,身为淮安地方长官之后的周恩来一定听说过祖父一辈治理淮河、黄河的故事,而当他成为政府总理之后,自然会十分清楚淮河治理的意义,重视这项长期而艰巨的工作。

六

在淮安区的中心位置,原漕运总督署正南面,有一座镇淮楼,楼的北面有一个大广场,广场上的人真不少,其中又以老年人居多,下棋的、聊天的、闲逛的、闭目养神的,应有尽有。最为热闹的当属西侧看戏的,里三层外三层,听得津津有味。演员们似乎都是业余的,也没见到收费,估计属于社区组织的活动。

在淮安区走街串巷的时候,感觉小城的人气不是特别旺,但是在镇淮楼广场,又会让人觉得人特别多,估计中青年人要么是在上班,要么是去了其他地区以寻求更好的发展。老人们守在家里,衣食无忧,渐渐会聚到这里,享受着生活的祥和美好。

镇淮楼始建于北宋年间,原为镇江都统司酒楼。因为淮安(现淮安区)"扼江北之要冲,为南北交通之孔道",纵贯淮安全境的大运河为南北交通之命脉。南粮北运,要从运河穿长江,越淮河,才能北上。船只到淮安被视为安全,无论文武官员、显宦世家、巨商富贾、文人墨客和僧道名流,都要登楼祭酒,以庆幸运。在元代,淮安"置总管府,用以控制南北舟车转输",楼上悬挂"南北枢机""天澈云衢"的金字匾额。明代置"铜壶滴漏"用以报时,故又名"谯楼"。后又置大鼓专司打更、报警,遂又称为"鼓楼"。

清代乾隆年间,因水患不断,人们为震慑淮水,更名为"镇淮楼"。至于为什么更名,有两个故事:清康熙二十五年(1686年)五月,淮安遭连日暴雨,河水暴涨,殃及人畜,知府曹得爵取下淮安府大堂"镇淮"匾投入水中,河水稍退。道光年间又遭水患,知府周焘将"镇淮"匾悬于楼上,乞以镇住水势,镇淮楼由此得名。

但是"镇淮楼"所承载的不过是统治者和老百姓的一种期望,真正行之有效的,是对黄河的治理。

应该说黄河夺淮之后,治理黄河水患这项工作一直就没有停止过。明末河道都御史潘季驯当为治水专家中最为杰出的代表,他所创立的"蓄清刷黄""束水攻沙"至今仍为人们所称道。

潘季驯(1521—1595年),湖州府乌程县(湖州市吴兴区)人,官至太子太保、工部尚书兼右都御史。从嘉靖四十四年(1565年)开始,到万历年间止,他奉三朝简命,先后四次出任总理河道都御史。

在长期的治河实践中,潘季驯吸取前人成果,全面总结了中国历史上治河实践中的丰富经验,创立"束水攻沙"法,深刻地影响了后代的治黄思想和实践,为中国古代的治河事业做出了重大的贡献。

在"束水攻沙"的基础上,潘季驯又提出在会淮地段"蓄清刷黄"的主张。根据"淮清河浊,淮弱河强"的特点,他一方面主张修归仁堤阻止黄水南入洪泽湖,筑清浦以东至柳浦湾堤防不使黄水南侵;另一方面又主张大筑高家堰,蓄全淮之水于洪泽湖内,抬高水位,使淮水全出清口,以敌黄河之强,不使黄水倒灌入湖。潘季驯以为采取这些措施后,"使黄、淮力全,涓滴悉趋于海,则力强且专,下流之积沙自去,海不浚而辟,河不挑而深,所谓固堤即以导河,导河即以浚海也"。

应该说,在河患十分严重、河道变迁频繁的明代,潘季驯能针对当时乱流情况,提出"束水攻沙"的理论,并大力付诸实践,是一种超越前人的创举。但是,也应当看到,潘季驯治河还只是局限于河南以下的黄河下游一带,对于泥沙来源之地的中游地区却未加以治理。源源不断的泥沙,只靠"束水攻沙"这一措施,不可能将全部泥沙输送入海，势必有一部分泥沙淤积在下游河道里。潘季驯治河后，局部的决口改道仍然不断发生，同时"蓄清刷黄"的效果也不理想。因为黄强淮弱，蓄淮以后扩大了淮河流域的淹没面积，威胁了泗州及明祖陵的安全。由此可见，限于历史条件，潘季驯采取的治理措施，在当时是不可能根本解决黄河危害的。

而这样的危害一直困扰着淮河下游人民，即便是在黄河北徙之后，依然如此。资料介绍，1867年，两广总督曾国藩在清江浦设立导淮局，由于疏浚困难，经费无着落，而未动工。1909年，南通人张謇设局测量江淮水利。1913年，张謇又任北洋政府导淮局督办。1928年，国民政府在建设委员会下设立导淮图案整理委员会，1929年7月1日成立了直属国民政府的导淮委员会，蒋介石任委员长。国民政府导淮期间，用中英庚子赔款搞了一些勘测、设计和局部性治淮计划，在苏北疏浚了几条淮河支流，建了几座小船闸，对防洪、排涝、抗旱、航运发挥了一些作用。

1950年8月，中华人民共和国政务院召开第一次治淮会议。10月14日，政务院颁布了《关于治理淮河的决定》，制定了"蓄泄兼筹"（上游以蓄为主，中游蓄泄兼施，下游以泄为主）的治淮方针、治淮原则和治淮工程实施计划，确定成立隶属于中央人民政府的治淮机构——治淮委员会。由此掀起了新中国第一次大规模治理淮河的高潮。

1957年，国务院在北京召开淮河流域治理工作会议，要求治淮应从治标转到以治本为主，应从重点转到全面安排。

半个世纪以来，淮河又遭遇几次大的洪水，但每次洪水过后，都会出台一些新的措施，兴建一些大的水利工程。随着国力的增强，一些重大工程被提到议事日程上来，其中最令人期待的，是淮河入海水道的开挖。

七

早在1950年新中国刚刚成立时，当时的水利部就制定了《淮河入海水道查勘报告》,提出了淮河入海水道方案,但由于资金、技术、人力等方面的原因,工程搁浅,随后开挖苏北灌溉总渠。

苏北灌溉总渠尽管兼具排涝、引水、航运、发电、泄洪等多项功能,但在遭遇特大洪水的时候显然还是力不从心的。由于受废黄河的影响,运河这一片地势较高,苏北灌溉总渠由于要考虑运河的交汇问题,所以出湖河道较高,虽然这对于灌溉很有益处,但导致进一步扩建行洪能力的难度比较大,而且渠北也必须增加一条平行开挖的排水渠,以解决渠北低地的排涝问题。因此,关于修建一条淮河入海水道的建议一而再再而三地被提出来,但由于关键的资金问题又一再被搁置和拖延,其间,淮河几次大的洪水给中下游的人民造成了巨大的灾难。

1991年江淮大水后,彻底暴露了淮河洪水通过入江水道与长江下游洪水、通过分淮入沂水道与泗沂沭洪水相遇并涨,洪泽湖没有可靠排洪途径的问题。开辟淮河入海水道,扩大淮河洪水出路,提高洪泽湖防洪标准这项紧迫的任务被再一次提上议事日程。苏北里下河洪涝灾害损失惨重,淮河流域人民要求早日开辟入海水道工程的呼声日益强烈。11月,国务院决定在"九五"期间建设入海水道。这是新中国成立以来国务院第四次决定兴建入海水道。

淮河入海水道工程,西起洪泽湖二河闸,东至滨海县扁担港注入黄海,与苏北灌溉总渠平行,居其北侧。

工程全长163.5千米,河道宽750米,深约4.5米,总投资41.17亿元,贯穿江苏省淮安市的清浦区、淮安区和盐城市的阜宁、滨海二县,其近期工程设计流量2270立方米每秒,远景设计流量7000立方米每秒。

这是一个巨大的工程,它自1998年10月底开工,到2006年10月完工,整整用了8年时间。关于淮河入海水道的作用,淮安的朋友给我讲了这样一个故事:

2003年6月至7月间,淮河中上游地区连日暴雨,全流域遭遇大洪水,洪泽湖水位不断猛涨,形势十分危急。7月4日,国家防总下达紧急命令,当夜必须启用入海水道,而这一天淮河入海水道主体工程刚刚完工6天!在那种紧急情况下,没有其他选择,只能执行。经过7个小时精心细致的准备,当天夜里接近12点的时候,入海水道二河新闸开闸行洪,最大行洪流量1870立方米每秒,如此连续泄洪33天,泄洪总量43.8亿立方米,洪泽湖周边200多万亩圩区没有滞洪,避免了洪泽湖周边滞洪区30万人大转移,在当年的抗洪中发挥了关键作用,减灾效益达27.68亿元。一次行洪效益相当于收回工程总投资的三分之二,可谓当年建成,当年就发挥巨大效益,真是一件很了不起的事情!

在淮安参观考察过程中,淮河入海水道与京杭大运河立交工程给我们留下了很深的印象。我们站在100多米长的工程专用桥上,俯瞰80米宽的运河水槽上来来往往的船只,看水槽下通过地涵流过的淮河入海水道顺畅流过,的确有一种震撼的感觉。而这样的感觉非身临其境不能感受得到。

淮河入海水道一期工程建成后,平时大部分地方还可以种植庄稼,水流从南北两条较深的鸿沟里流过,即所谓的"鸿滩结合"的模式。这种模式有其经济、实用的一面,但也会在大洪水到来的时候造成水道外低洼地区无法排涝,从而造成他们的财产的巨大损失。因此全段横截面深度全面达到8米的二期工程势在必行,目前前期工程已经开始。从百年一遇到三百年一遇,淮安人祈盼了几千年的"淮水安澜"的梦想就要成为现实,而淮河在失去了自己独立的入海通道800多年之后,又重新与大海牵起手来。而这样一条宽阔的人工河在给这块土地上的人们以安全保障的同时,也给他们带来机遇、财富和可憧憬的未来。

那天晚上,我们乘着游船游览大运河的时候,发现夜幕下的淮安又是另一番景象,霓虹灯装点的城市美轮美奂,散步与休闲的人们熙熙攘攘。显然,这个曾经的"南船北马"的转折点和漕运重镇,如今正在从淮河水患的阴影里走出来。它的明天将会是怎样一种模样?我在想象,更在期待。

2017.9—2017.11

蜕变中的新汴河景区

挖一条人工河是为了排除城区的洪水之灾,建一处人工景区则是为了城市里的居民有一个休闲的好去处。其实说起来这两件事都是有些风险的,尽管有句话叫作"人定胜天",但是否真的可以,有疑问者越来越多。但在宿州,这两件事不但都做了,而且还是势在必"成",上心用力。

先看挖河。实际上宿州本来是有一条汴河的,历史很久,名声很大,而且也是一条人工河,主持开挖它的是著名的隋炀帝,自605年距今,一千四百多年了。

在漫长的时间里,因自然的、人为的因素,古漕运汴河渐渐淤塞,河面不再宽阔,流水不再通畅。但高处和上游的来水、年复一年的洪水都需要一个出路,没有通畅的渠道,它们变得横冲直撞、蛮横无理。

遭殃的是这块大地,是那些祖祖辈辈居住于此的老百姓。

于是,就有了再挖一条人工河的动议。怎样挖?在哪里挖?多大规模?不用说,这些都是争论的焦点。最后还是决定一劳永逸,挖一条新汴河。

开工的时间真不是很妙——1966年。几十万民工,在三冬四春的时间里,挖出了一条集排水、泄洪、灌溉、抗旱于一体的新汴河。

这真是一件了不起的事情!我们不知道一千多年前开挖汴河的时候是怎样的一种情形,但我们通过一些史料可以了解到,宿州及豫苏皖三省十一市县的数十万民工经历了怎样的艰辛,锹挖手推成就的壮举背后,有汗水,有鲜血,还有生命。我想到这些时,心中就会有一种悲怆的感觉:鲜活的生命,恶劣的环境,为了活下去,为了子孙不再遭罪,他们只能选择咬紧牙关。

当我走近新汴河,看到这片土地上曾经的那些仁人志士、风流人物的塑像的时候,我在想,应该还有一座当年挖河民工的群雕,旁边还应该有一块碑,记述半个多世纪前的一个群体的付出和牺牲。

当然,挖一条新汴河的目的是根治水患、造福百姓。新汴河发挥出了它应有的作用,达到了当初的预想。但是宿州人又有了新想法,他们要让这条常年流淌着河水的河成为他们美丽的风景区,他们要造景,建一个让人流连忘返的好去处。

这同样是一件不容易的事情,资金之外,还要有规划和创意,于是有了历史人文因素的介入,有了许多雕塑和景观的设置。自然是要有花有树的,于是有了大批横平竖直的苗木、大片绚烂多姿的花卉。辅之以较为完备的配套设施,一个大型人工园林规模初具。

但我总是感觉有些不满足,用一种几近挑剔的目光对它左看右看:树木完全没必要那么整齐单一,多树种混在一起,高低错落,色彩混搭,没准会多一些韵味。花草也不必局限于那几个品种,四时花卉杂居在一块,各展风姿,争奇斗艳,或可平添许多意韵。还有那些雕塑,可以在底座下面或背面加上二维码,手机一扫,便可听到相关的介绍,如果是诗人作家,则可以欣赏到他们的诗歌或作品选段。尤其是当我站在泗州戏人物脸谱雕塑跟前时,这样的想法便越发地强烈起来,我想听一听声名远播的拉魂腔,想听想看"李宝琴的浪、霍桂霞的唱、李宝凤的棒、周凤云的像、王宝莲的样",想让我看过的《拾棉花》《李十娘》《杨八姐》里的文字变成一个个生动的扮相和身段,一曲曲欢快爽朗的泗州戏。

当我有些唐突地把自己零零星星的想法说出来的时候,一位负责人对我说,这些他们基本上都考虑到了,有些已经在实施过程中。我松了口气,如此,我对新汴河有了更多期待,下次再来,应该是又一番景象。

此次新汴河之旅,在斑斓的夜色中,微风吹过的荷塘、放松惬意的游人,都给我留下了比较深的印象。下回又会有哪些呢？大自然里的人工之作终当交给自然来打理,春去秋来,风霜雨雪,会让它们渐渐脱去一些人为的因素,变得自然温润。如同一个孩子,在成长的过程中,去了乳香和稚嫩,日渐成熟沉稳。又如同文字,从刻意做作到从容大气,需要时间,更需要用心,简简单单、自自然然,不想着什么形式和奇巧就好了。为此,我已经开始在想象,因为蜕变中的新汴河景区给了我一个很广阔的空间。

2017.7

凤阳的复兴：任重道远

对于我来说，凤阳并不是一个陌生的地方。因为有亲戚在凤阳，所以我多次去过那里。此次再去，自然会有所比较，总体感觉变化的确很大，同时也感受到朱元璋及明文化对这座城市的巨大影响。

朱元璋出家当和尚的龙兴寺、高大气派的鼓楼、气势辉煌的明皇陵等，因为早些年都去过，所以更在意它们的细节和特点，思考着如何做才会有更好的结果，才不会给未来留下遗憾，而在经济这个目标和诱惑面前，应该怎样处置和权衡。县博物馆、规划馆从不同角度展示凤阳的过去和现在，很有特色，第一次去凤阳的人都应该去看一看，通过参观和感受，对这座不平凡的城市有一个总体和大概的了解。

当然，最具有吸引力的是一处地面建筑几乎完全毁损的明中都城，它给我的感觉是一种震撼。站在部分恢复的午门顶部极目四望，曾经豪华气派的城墙宫殿片瓦不存。这座源于朱元璋，又从朱元璋之手开始毁弃的规模浩大的皇宫，经过六百多年的风雨，渐渐成为一个传说和想象，而遗址的开发与部分恢复则将为我们呈现出一种别样的存在，让我们领略一种别样的感受，同时也会让我们生发出一些感受和思考。

参观过程中我曾经有一种担忧，害怕会出现原址重建这样荒唐而又劳民伤财的事情。不过这样的担忧很快就没有了,因为这是全国重点文物保护单位,一切的发掘与恢复都必须严格按照相关规定进行,而明中都遗址最终呈现出的,应该是一种融于周边自然环境的荒凉之美。我甚至想象遗址在四季变换中不同的景色与意韵。荒原中的宫殿遗址给了我们太多的想象与期待。

在某种意义上,荒凉之美也是一种另类而时尚的美,它让见惯了那些金碧辉煌、气势非凡的宫殿与华屋的人们,在这里安静下来,体味另一种感受,从而使自己变得理性、深刻一些。如果能在这里收获一些独特的感受和思考,那么他们也一定会记着凤阳这个地方。

因此我感觉我们建设者的眼光可以放得更远一些,步子可以放得稍慢一些,具体操作上可以更细一些,把荒原之上、尘土之下的历史遗存以某种最为恰当的方式展现出来。

需要冷静,需要思考,需要激情,更需要专业。

可以想办法让那些毁损殆尽的东西以多种形式呈现出来,实际上它们也一直以某种形式存在着;

可以想办法让人们在看到听到一些东西之后还能感受到一些东西,那应该是朱元璋的启示和明代的文化;

可以想办法举办各种主题、规格和形式的活动,吸引公众的关注,让大家积极参与;

可以想办法设计制作一批有品位、内涵和特色的文创产品,让人们看得上,愿意买,带回去以后感觉拿得出手。

因为凤阳有这个基础和实力,公众自然会对它有更高的要求和更多的期待。而我,则忘不了那个晴朗的早晨,走过一段距离不短的土路,一直走到凤凰山顶时的那份欣喜。

极目东南方,我看到的是晨曦中的明中都古城遗址,庞大的规模和气势让我有一种别样的感觉;我看到更远处的凤阳城区,千年的沧桑之后依然呈现出一种勃勃生机;近在眼前的新城区更是让我欣然,因为它改变的不仅仅是这座城市的形状,更是它的格局和未来。当然我没有忘记刚才一路走来时的道路的崎岖和坎坷,它们像一种提醒和启示:朝着确定的目标,需要一步一个脚印,走起来,走过去……任重道远。

2017.12

微博思绪

生活不易，理解就是一种呵护

我们之所以感觉新年第一天不同寻常，主要还是因为心理因素。当生活没有任何新意和波澜时，难免有些乏味。我们总是期望能以一个比较特殊的日子为契机，或者有一些改变，或者开启一种新状态，但我们往往会失望失落，因为所谓新状态需要的是一种心理和行动上的准备，时间上的某个节点只不过是一个噱头罢了。

不知是冬季内心容易抑郁，还是辞旧迎新时刻情绪有些波动，一种幻灭的感觉让人感受到某种压抑。一个人一辈子忙忙碌碌的意义，的确是那些大而空的理论不能够说明白的。因此我们必须找到一个能够说服自己的理由。我想，亲情、友情或许是我们努力的理由和价值，我们彼此寻求和给予温暖，我们彼此间担负一份责任。

疲劳的时候，情绪也会出问题，对生活的种种抱怨、对自身体能的失望、对人生的看空，进而都会涌上心头。当然也与环境有关系，因为很多结果都是各种因素综合导致的，相比于比较单一的问题，化解起来要困难得多。不过也不是没有比较有效的方法，那就是好好地睡一觉，精力充足了，心情自然就会改善许多。

记录生活的文字,容易流于琐碎和平淡,如何能够让这样的文字既有温度也有一定的深度,是个问题。但是即便如此,我们还是应该去做这件事,因为生活需要记录,每个人都会有其比较独特的经历,也会有他的闪光点,这些故事和闪光点聚集到一起,自然是很可观的。所以不要小瞧了这样的小事,想做好一样不简单。

反思的好处在于遇事自己不会有太多的虚荣和自傲,也不会有太多的委屈和抱怨。因为通过冷静地思考,你会明白一些东西并不是如表面所呈现的那样,很多的成功有着许多外力的支撑,很多问题的产生也不全是外部和他人的原因,无论是成功还是失败,自己的因素都只是一部分,也一定有一部分,这点必须要明白。

有时候我们会感觉到生活的辛苦,其原因无非是自己的目标太高,没有什么人帮你,总是苛求自己。这些应该都没有什么错,但总是这样的确是个问题。胸有成竹,张弛有度,不会消极懈怠,也不会绷弦过紧,才是一种理想的状态。当然,人生不可能完全按照设定的模式进行,很多不确定因素随时可能会让我们改变方向。

宽容大度是一个人应有的品行,但我们往往会控制不了自己的情绪,因为有很多因素致使我们将内心积压的怨气一股脑地发泄出来,造成矛盾和冲突。事后细想,这种行为既不理性,也没有意义,同时还会助长自身的戾气。尤其应引为教训的是,不应该与那些为生存而奔波劳累的人置气。生活不易,理解就是一种呵护。

人们总喜欢在一些特定的日子到来之前做好一些事情,琢磨起来很有些搞笑。人为地为一些平平常常的日子赋予一些名目和噱头,它们反过来又会影响和制约我们的生活。不过如果我们换一种思路,那么它们就是我们给自己的日子制造的一些节点,用以警醒和督促我们的人生。约定俗成一定是有其意义和价值的。

我们经常会为一些事情纠结,实际上还是我们没有认真对待,事先就为自己设置了许多假想障碍,畏难,裹足不前。人性的弱点在于其实我们能做好,但内心很抗拒,不想费太多的神、操太多的心。当然也有大环境问题和时机问题,前者只有努力去突破,后者则需要有耐心和判断力,在可以下手的时候果断下手。

当一个人拥有某种技艺的时候,他面临着两个选择:以此为谋生手段,就这样一直做下去;精益求精,图谋更好的层次和发展。这实际上是两种人生态度,不同的选择直接决定了其生命的轨迹和走向,也会对这个社会产生影响。个体支撑的力度决定了我们生活的品质,也决定了其在社会上所处的位置,顺理成章,自然而然。

读书的妙处在于它可以让你瞬间安静下来,暂时忘却俗事烦扰、周边喧腾。如果是在冬日,虽然气温很低,但没有风,阳光和煦,暖意融融,手执一卷,绝对是一种美妙的享受。一段时间后,自然还要回归现实,那也没有什么,因为有这样一份美好在,而且只要我们愿意,就随时可以重入这样的惬意和幸福之中。

选择从来都是相对而言的,在一定的条件和范围内的选择,一定是一个妥协的过程。买东西是这样,实木地板安装也是这样,找工作、交朋友甚至选择配偶,又何尝不是这个道理?因此要有一个好的心态,在具备条件的时候学会选择,在没有很好条件的时候学会妥协,尽量不让人生留下遗憾,也不让人生总是郁闷纠结。

一个人的职业素养与其所受的教育和培训有关,也与其个人的潜质和修养有关。同样的上门安装工作,有的让人安心踏实、放松愉快,有的让人心存疑虑、劳神费力。这是个人素质的体现,是企业文化的折射,更是人们对这个社会看法的积累。做什么样的人,怎样去对待人,其实是一个很大的命题,需要用一生去完成。

田园梦，隐居梦，实际上都是对彼岸生活的向往。如果真就实现了，又会怎样？还真有点悬。不过既然那么多人都赞美过、向往过，我们不妨去尝试一下，或者试过就试过了，或者一下子就试出了感觉。其实换一种生活环境和形式是一件不错的事，毕竟我们的人生大多太过单调和苍白了，多一点新的色彩和内容，挺好。

众生喧哗，我独沉静，不一定是一件值得炫耀的生活状态，但一定是一种可以选择的生活方式。人生，有时候会热热闹闹，有时候会轰轰烈烈，但大多数时间，应该还是平和安静甚至平淡寂寞的，没有什么很正常，要有这个心理准备，把它当成一种休整或者一种准备都可以，在下一个高点到来之前，努力做好自己。

2017.1

浮华之下的那么一点真实

当问题出来的时候,一定要冷静思考一下,找到问题症结和最为行之有效的解决办法。有的时候我们只顾着一味地指责抱怨、怒火中烧,有的时候我们只顾着唉声叹气、听之任之,忘记了解决问题这件事。其实很多时候我们完全可以换一种思路,想一想怎么及时补救,那些不算太大的问题犯不着大动肝火。

一些事情不大,但很关键,有着象征意味。当然一定是在做过许多、经过许多之后,这一刻才会出现,让你心生欢喜,疲惫消减。因为不确定,很多时候我们会感到焦躁烦闷。这与爬山有些相似,一步一步,气喘吁吁,只记得已经走过了多少路,不知道后面还会有多远,这样的心态在看到终点之前,一直会困扰着人们。

装模作样,似是而非,如果这样的东西大行其道,那么一定是某些方面出了问题。如果有人煞有介事、虔诚不已地去相信和膜拜之,那么不是这些人出了问题,就是其中另有玄机。这世界让人看不懂的东西很多,如果有些原本应该看得懂的没看懂,也无须看低了自己。这世界太深奥,我们普通人看不懂一些东西也是正常的。

当一个人面对不公的时候能够波澜不惊、淡然一笑时,要么是他拥有足够的修养,要么就是他看出其背后的原因,感觉自己没必要去说去争。因为只有当我们看重一样东西的时候,它才值得我们拥有。放下,应该是一种主动行为,但往往表现为一种被动,自然没必要太在意,你已经决定放弃了,就没必要在意别人怎么看。

当父母老了的时候,作为子女应该孝顺,不仅要在生活上照顾、陪伴,也要在精神上安抚、慰藉。这是普天下的人都知道的事情,但是真的做到的,又会有多少人呢?现实的确不容乐观。这真是一件很糟糕的事情,也是一个必须解决的问题。

一个人的格局决定了他的命运,是有一定的道理的。纠结于一些小事和眼前利益,眼光必定不能看得宽和远,参不透得与失,自然也就不会有大的举措和作为。总是抱怨的人也是总是会失去很多东西的人,因为他纠结于此的同时,自然会忽视了其他。所以还是应该把心胸放宽一些,人生总有取舍,坦然就好。

在某种意义上,文字和生活一样,无论长短,都要写出点味道来。没有味道,别人看了没什么感觉,这样的东西不如不写。生活也是如此,富也好,穷也罢,都得过出些滋味来,否则难免无趣。平常的文字、平淡的生活,往往是很难改变的,但赋予它们色彩和意味,或许可以做到。当然,需要用心,需要一定的努力和付出。

当大家的生活主题趋于一致的时候,也挺有意思,彼此都要简单得多。比如大家都进入春节节奏的时候,吃吃喝喝、你来我往成为主题,大家都会很快适应这种状态,轻轻松松、快快活活地走家串户。想来大家都是需要这样的日子的,都愿意有一段不同寻常的时光。在一直往前奔的过程中慢下来,也算是一种休整吧。

想着再上班时已是春天了,颇感慨,作长短句:离开时还在冬天,再见时已是春天,这个日渐荒芜的院子里,该是万物复苏野草疯长。那个叫希望的东西呢?是否也会努力地醒来,穿过腐烂了的叶子,也穿过乱石杂枝荒草?那羸弱的身体上面,顶着一个大大的脑袋,直到我们的眼眶变得湿润,心里那个冰块慢慢地融化。

辞旧迎新,最易伤逝,也会制造些由头让一些伤感、疲惫的人欢喜起来,重新振作起来,信心十足地面对以后的日子。这真是一个巧妙的设计,冬季的天气和氛围,都适宜人们围拢在一起,聊聊天、逗逗乐、吃吃喝喝。农耕时期的习俗在今天依然能够得以传承,应该源于"休养生息"这个中心内涵,图谋的自然还是未来。

所谓宽容,就是把一时的火气和怨气忍住,把一些问题交给时间,同时尝试从大局和对方的角度看待和思考问题。有些时候有些事情我们如果不想出现不利的局面和不好的结果,就必须要忍让,先退一步,再作打算。古话说"忍一时风平浪静,退一步海阔天空",年轻的时候颇不以为然,觉得迂腐可笑,现在看来很有道理。

读书需要静下心来才会有所收获,否则不过是一种形式罢了。到了一定岁数再读书,会读出更多的滋味,但激情却消退了不少,只会赞赏,不会太激动。写作也应该是这样,理性多了,激情少了,这是没办法的事情,只能扬其长写些合适的文字。好在各种文字都会有其特点,抓住当下,也就不会太纠结于岁月对我们的改变。

和那些让自己感觉放松的人在一起,是一种生活态度,没有那么多的功利,也没有那么多的勉强,彼此都会有一种舒适自在。生活中我们会有很多应酬和无奈,尽管渐渐地我们也习惯了甚至应对自如,但那毕竟违背自己的天性。如果不想太委屈自己,那么一定要给自己留一点时间和空间,让自己的身心得以放松舒展。

有一种文字虽然不是特别华丽铺张,却很耐看,入眼入心;有一种绘画只有寥寥几笔,却能够让人过目不忘。把事情说清楚,让读者从看似简单的文字和画面中感受人情事理、各种意味。我们很多时候喜欢把事情往复杂里整,似乎不这样不足以表现出自己的水平,殊不知浮华之下的那么一点真实才是人们想要的。

2017.1

遇事宽容忍让是一种修养

财富和健康孰重孰轻,大家都明白,但大多数人都做不到善待自己。当身体亮了红灯的时候,当一切都来不及的时候,所有的懊悔基本上都没有意义了。因此,还是把有些事情想清楚了再去做,而且还要时时刻刻记住这件事。否则,滚滚红尘,功名利禄,太容易将人们带入癫狂失控,然后在不经意间为你画上句号。

有些事情,你做了,别人也许感觉不到什么,但如果不做,你会感觉到不安,所以不要以为自己为别人做了什么,说到底你还是为了自己。当然,你能够这样做说明你具有怎样的人格人品,而这些恰恰是别人评判你的依据。有的人爱惜自己的名声,有的人却不在乎,他们的行为自然会南辕北辙,世界这么大,什么人都有。

有时候,我们的决定只是一种无奈和妥协,很多因素制约着我们。当我们改变不了这些因素的时候,我们就只能退后和妥协。我们之所以时常纠结,是因为我们又想起了我们的那些向往和惦念,我们希望那样的结果。当然,最后我们还是选择默认现状,如同一次无疾而终的青春期冲动。没办法,这就是生活,这就是人生。

我们在阅读一部作品的时候,一定会生发出一些感慨和联想,甚至把自己放进作品里。这样的事情也很正常,因为文学作品本身就来自生活,如果一些情节和情绪是我们熟悉的,或者曾经经历过、正在经历着的,那么我们就会和这部作品发生共鸣。不管是别人的生活,还是自己的生活,都是一种状态,一种属于各自的人生。

《诗词大会》将大家的注意力吸引到古典诗词上,的确很让人感到意外。应该是很久了,人们沉迷于泡沫剧、无厘头搞笑、戏说乱说等快餐文化,生活里充斥着简单肤浅的快乐和享受,所谓诗情画意的生活渐渐淡出乃至消失。这似乎一夜之间的转变却又让我们发现,其实很多东西还在,只是我们在心浮气躁时忘了它们。

有些收藏其实就是一种情结的发酵,很多时候我们的一些情绪的确需要一个发泄的管道,在付出一部分钞票、时间和精力之后,我们会有一种满足和安慰,同时也会有所收获,因为境界高一点的收藏不仅是物品的堆积,而且是一个玩味、研究的过程。所以我们的生活中应该有适度的收藏,将我们时常空虚的时光塞满。

一个人一辈子会有走运的时候,也会有不走运的时候,这很正常。但如果他的走运不是因为他自身的努力,他的不走运是因为他的偏执和懒惰的话,那么他一定是一个有问题的人,也一定会为此埋单的。说到懒惰,人们大多会认为仅限于体力,其实投机取巧、不劳而获、贪得无厌也是一种懒惰,一种更可怕的懒惰。

遇事宽容忍让是一种修养,但不是总能做到的。很多事情都是这样,明白,但是做不到。原因很简单,我们就是一介凡人。不过有些事情的确不能冲动,所谓不能因为一些细节毁了全局,还是应该照顾别人的感觉,照顾整体的利益。人生在世,受点委屈和闲气在所难免,况且没准我们也会做出一些让别人不愉快的事情呢。

方言与民俗是一个地方的底色,也是伴随我们终生的印记,当我们长大了,或者离开家乡之后,我们会发现,它们一直在我们的记忆里,哪怕已经不会说不会做,它们都在那里。而当到了一定的岁数时,我们会发现它们又会渐渐清晰、鲜活起来,和我们的生活如影随形,这时候你会发现,原来我们是走不出我们的童年记忆的。

打突击的作用在于集中精力在一段很短的时间内完成一件事情。它既考验人的能力,也考验人的毅力,同时也能够培养、锻炼人。平时的积累、既往的经验,这时候会产生很大的作用。当一件比较大的事情即将完成的时候,也会有这样的时刻,因此所谓收官阶段最考验一个人的综合能力,甚至关乎一件事的成功与否。

衰老真是件很可怕的事情,它将一个人的机能和活力一点一点抽走,让人变得衰弱不堪。无论我们如何用心注意,都无法改变这样一个过程。比较理想的状态就是,通过我们的努力,尽力延缓这样的过程。其实当我们的父母日渐衰老的时候,我们也同样在衰老,只不过他们比我们更需要帮助,更需要在关键的时候获得支撑。

充实而有规律的生活,无疑是令人向往的,但不是每个人都可以做得到,因为没有这个定力。现实中有太多的理由和状况,也有太多的懈怠和干扰,于是很多日子都在或乱哄哄、或松松垮垮中度过。准确地讲,"对付着过"是最要不得的,也是最可怕的,因为当你对付一切的时候,你的人生也就差不多对付完了。

2017.2

都是我们自己的日子

再大的事情都有琐碎的细节

在一些特定的日子有些特定的举动,这很正常。不过当有些日子明显不适宜我们的时候,我们是不是可以转换一下思维,赋予它们新的内容?人生大多没有什么定律可循,怎样做才最合适全凭自己的判断。最要不得的是消极被动,无所作为。如果一切都等待着别人的安排,那么你一定会失望的,因为没有人会一直这么做的。

文字上的事的确需要耐心仔细地反复打磨,有时候也就是几句话甚至几个字,修改与否,差别大了去了。文字最忌一蹴而就匆匆交卷,因为我们大多是水准一般的凡人,草率行事的结果只会是让自己难堪。如果我们总是觉得自己的文字不错,总是看不出自己存在的问题,那是很糟糕的,因为我们已经失去了自我修正的能力。

匆匆忙忙的日子,很充实也很辛苦。没有办法,生活中总会有这样的日子,总会有让人忙得不可开交的时候。其实如果生活总是云淡风轻没准也会有些乏味,每天总得有些东西把它充实。好在不愿意平淡的人总会找到自己的目标,总会在忙忙碌碌中找到自己想要的那种感觉。所谓你是什么样的人,你就会过什么样的生活,诚然。

那种累到趴倒的感觉,有时候是一种愉快,有时候是一种必需,有时候则是一种无奈,多数是特定的情况下,没有办法选择。但是应该做的事情总得去做,应该吃的苦早晚得吃,只要你有想法有目标,那你就少不了付出。轻轻松松就能获得的,或许不是最想要的。所谓不断挑战自己,其实就是不断让自己受点累遭点罪。

不要生气,不能生气,不必生气,说得都对,可不是总能做到,这也是没办法的事情。与性格有关系,与当时氛围有关系,与心情和健康状况有关系,更与个人修养有关系。当然,不生气不是没脾气,也不是不表明态度和情绪,该说的一定要说,该生气的一定要让对方知道,只不过不要坏了心情、伤了身体,最终让别人笑话。

还是应该把时间用在更有意义和价值的事情上,否则总有一天你会发现很多该做的事情没有做。比如读书,把太多的时间放在一些意义不大的轻松阅读和时尚阅读上,这势必会削弱我们阅读名家经典的精力和时间。而这样的事情基本上没有反悔的余地,人生就那么长,过去了就没有了。

关键时刻,或者自己感觉是关键的时刻,他的本性就会暴露出来。这真是一件很好玩的事情,因为你看到了一种真实。当然,也许有一种失落和幻灭,光环消失、高度下滑,可这也是没办法的事,或许早一点明白,遭受到的刺激会更少,况且了解真相本身没那么糟,毕竟明明白白的人生也是一种境界,而明白的人才会难得糊涂。

生活的信心,生命的意义,有时候很简单,为了所爱的人勇敢地活下去,哪怕会有些烦恼甚至痛苦,也不泄气和撒手。所谓人活一口气,说的应该就是信念,有明确的目标和信念就会努力去生活,并且享受其中的乐趣。其实,老了的时候,当所有的一切都渐渐远去时,能够有一个人值得相守,值得自己为他坚持,也是一种幸福。

用简单的办法对待复杂是一种不错的选择。这个世界和人心常常过于复杂,将主要精力都放在这上面,太不值。在我们感觉腻烦或者精力顾不过来的时候,放下,不去想它,没准是一个很好的选择。当然,也有的时候是我们处于被忽视和被冷落的状态,那就更应该保持一种好心态,从容面对,顺其自然,努力做好自己。

再大的事情都有琐碎的细节,这些细节都需要我们劳神费力,任何一点没有想到、没有做好,都会留下缺陷和遗憾。但琐碎的细节做起来的确很烦,这真是没办法的事情,有些过程没办法躲避,有些心必须得操。所以一个成功的人,也一定是把细节做好了的人。在某种意义上,一个人一辈子都是在做一个又一个不起眼的小事。

把自己的日子过得紧紧张张、满满当当是有问题的。揽事太多,顾忌太多,不善于选择,不善于拒绝,不会利用资源,凡事亲力亲为,都有可能造成这种状态。其实道理都是懂的,但遇事还是一如既往。显然这是性格上的问题,有时候会感觉很无奈,感叹的确是性格决定命运。你的性格,决定了你会怎样去面对生活。

2017.2

适当地糊涂一点不是坏事

被关注和被肯定自然是一件令人很欣慰的事。我们时常会有一种忐忑和困惑,因为我们对自己没有一个准确的判断。我们的自我认知往往有失偏颇,自傲与自卑都是由于我们没办法站开,影响我们判断的因素实在太多。相比较而言,来自别人的评判相对准确和理性一些,对我们会有很好的参考价值和辅助作用。

明白、清楚,有时候能说,有时候不能说,这种感觉可不是太好。没办法,人生在世,总会有不是很开心、不能很畅快地表达的时候,也总会有约束不住自己,脱口而出的时候。其实生气是一种活力,但动辄生气就是一种病态了。所以我时常告诫自己,豁达一点,善于自我调节,努力看清一切,在大多数时候一笑而过。

知道真相有时候会很开心,有时候会很郁闷,当然肯定还有其他感觉,比如清醒,比如理智。客客气气、一团和气固然很好,但也容易让人陷入一种虚幻,进而失去应有的心理准备,最终受到所谓的伤害。人是复杂的,社会自然是复杂的,保持一定的辨别能力,保持一定的自我保护意识,保持一定的清醒,必需而且有益。

一而再,再而三,终于尘埃落定。对于某个具体的人,是不幸,是一场悲剧,但对于大多数人来说,是一种开心和释然,尽管来得迟了一点,但毕竟还是等到了这一天。其实很多事情大家都知道是做不得的,但还是忍不住要去做,因为有着巨大的诱惑,因为自以为智力超群,能够做到天衣无缝,结果到头来落得个身败名裂。

经历过多会丢失,感觉自己并没有多么难受,以为自己能够应对一切这样的打击。但终于有一天你忽然发现,它们其实都不是能够击倒你的那种,而当它们在你毫无准备的时候出现时,你会忽然变得非常脆弱,甚至不堪一击。因为你太在意你失去的东西,你会有一种揪心的感觉,自责、懊恼、郁闷等一齐涌来。

往往一个小毛病只是一个导火索,它会引发一连串的连锁反应,将一个人击倒。情绪上的事也是这样,某个时刻,一大堆貌似不相干的事情会积聚到一起,让你感觉自己一下子被缠绕住,不能摆脱。其实自己也明白,但就是一时难以走出来,总是感觉心口堵着一口气,没办法顺畅,所谓焦虑、抑郁,或许就是这样的吧?

健康这件事真是有点让人捉摸不透,看上去好好的一个人,忽然就会生出很糟糕的毛病,这肯定会让人有些措手不及、难以接受。不过,其实不会有那种所谓忽然就出来的毛病,它一定是有一个生成的过程,并向我们发出或清晰或模糊的信号,只是我们大意了,忽视了,以致最终坐成大病,造成非常麻烦的后果。

做人应该与人为善,宽厚待人,这到底是一种准则还是一种自我安慰,还真是不好说。不过心安的确很重要,你看不过去,觉得如果不去做心里会感觉不安,那你就去做好了。不能想太多,也不能想太远,更不要想所谓对等和回报。准确地讲,只看此时此刻是有问题的,但没有办法,遇上了,看不过去,你只有伸出手去。

尝试一些新事物有益于个人能力的拓展和进步;满足于自己熟悉的东西而怡

然自得，是对自己的一种放松和纵容，因为安于现状往往会导致个人的消极甚至退步。其实愿意尝试敢于尝试本身就很能说明问题，也是一个很好的开端，只要全力以赴做下去，没准就能获得成功，就能让自己的人生更多一些精彩。

记住一些人一些事，在适当的时候表达出我们的情感和敬意，很有必要，也很有意义。我们都是这个世界的过客，我们都会对这个世界做出或多或少的贡献。当然，这一切一定是建立在前人的基础上，所以我们应该有一些感恩和敬畏，同时思考自己这一生应该怀有一种怎样的姿态和心态，我们又该为这个世界切切实实做些什么。

做事其实就是做人，很简单的一个道理，很多人都会讲，甚至还会经常挂在嘴边，但他们就是不明白，真是没有办法的事。许多东西是需要自己去想去悟的，别人基本上帮不了什么。只关注眼前利益，在乎一时的得失，都是一种短视。况且人生哪有那么多的收支平衡？在某种意义上，我们时时都在接受别人的付出和帮助。

有时候，看起来是吃亏了或者被别人利用了，实际上自己也是颇有收获的，只不过心态不好导致心情很差。这里面有个思维方式的问题，怎么看怎么想很重要，还有就是有时候我们真的不需要知道得太多，也不需要过于敏感，因为它们往往会影响我们的心态。尽管难得糊涂是智者的境界，但适当地糊涂一点不是坏事。

生活中总会有一些小小的惊喜和意外，它们像早晨的第一缕阳光，或者阴霾天气里刹那间的一片空灵透亮，或者漆黑的夜晚的一弯银钩般的月亮，我们的心情会因此轻松愉快起来。当然，它们一定是不期而至的，没有什么规律和预兆，但我们可以期待，可以相信没准什么时候，它们会给我们带来那么一份好心情。

当你感觉自己的生活乱糟糟的时候,你就有必要找一个时间,安静下来,整理一下你身边大大小小的物件和你的心绪。这时候你会发现,其实你完全没必要那么匆匆忙忙,也没必要生怕落下什么,一切都不一定是必需的,完全可以在感觉难以招架的时候抽身而出,仿佛从一个闹哄哄的房间里退出来,呼吸几口新鲜的空气。

2017.3

让人生多一点轻松和乐趣

小成就小快乐其实也是很好的,它能够让我们多一些信心和劲头,特别是在一件比较大的事情或者一个系统工程中,它尤其显得不可或缺。总的来说,我们还是脆弱的,需要不停地有人称赞、鼓劲,甚至还需要自我安慰。当然,一定有那种执着于目标锲而不舍的强者,但即便如此,又有谁能说他们不需要那些小的成就和快乐?

耐心做一件事情,耐心协调一件事情,耐心对待一个朋友,生活中需要我们耐心的地方真是不少。的确,有些事需要麻利迅速,但有些事却是急不得的。正如我们做人,需要一点点地做出我们的个性和口碑,一时的态度和评价算不得什么。年轻的时候,急吼吼的,总想着一蹴而就,多年之后才明白,那不过是一种浮躁。

慎终追远是一种人生态度,一个不敬重自己祖先和父母的人,很难让人相信他可以有一个值得期待的未来。急功近利,唯利是图,也是很多人中途翻车的原因之一。缺少敬畏,缺乏境界,必然有恃无恐,为所欲为,也自然把握不住自己,进退失据。悲剧产生的原因还是缺乏修养,缺少一种眼光和高度。

做计划中的事还是眼前的事,这是一个问题。这里面有个心态问题,把眼前的事情先做了,感觉上自然要好一些,但对计划中的事情一定会有影响。所以但凡理性的人,一定是按照既定的规划,循序渐进地去落实、完成。而感性的人则会将更多关注点集中在目之所及之处。当然这与性格有关系,也关乎个人的能力。

等待,有时候是充满希望的,但有时候却是充满不确定性甚至令人绝望的,内心自然也是充满焦虑不安。准确地说,有着明确希望的等待面对的只是时间问题,耐心就可以了。而看不到目标的等待却需要耐心和恒心,它考验着我们的心理素质和定力。当然,我们也会遭遇一些意料之外的东西,比如纠结,比如种种联想,比如意外惊喜。

体力透支是一件危险的事情,同样危险的是我们不了解我们的身体,不爱护我们的身体。很多时候我们会顾及方方面面许多因素,唯独忽视了我们的身体,忽视它所释放出的某些信息。爱护我们的身体,是对自己生命的一种尊重,也是对自己人生的一种负责任的态度。而这些恰恰是我们多数人做得不够甚至没有去做的。

平静的生活也是一种境界。这谁都知道,但又是很多人做不到的,甚至还会认为是一种消极。当然这个"平静"一定是指心灵的平静,不一定是一个人独处,也不必身处偏僻的地方,所谓"心远地自偏"是也。平静的生活不是那种做作的东西,它一定会让人感觉舒服自在,是一种极好的状态,出活、滋润、享受。

朗读是对文字的一种亲近,是理解文字的一种方式,是对身心的一种放松。当朗读成为时尚时,我们应该做的,是打开书本,张开嘴巴,将优美的文字变成声音,并且使之成为一种习惯。如果时尚变成过去式,你却依然热爱着,那么你就真正成为一名朗读者,并且因此而受惠终身。

如果一个人在某件事情上没有人愿意真正帮助他,原因可能有很多,比如他身边的确就没有这样的人,或者他根本没有意识到他需要这样的人,或者有这样的人但他听不得不同的意见。总之,即便是明眼人一看就能发现的问题也没有人告诉他,这样的人一定是有问题的,如果缺乏自知和提醒,或许会导致更大的问题。

有些人有些事真是勉强不得,生拉硬拽,彼此感觉都不会太好,也没有什么意思。很多时候,我们被各种因素所制约,不能够总是按照自己的感觉去做,但也有的时候,我们已经习惯某种无感的关系,不愿意主动去改变和摆脱,细想起来,真是无趣又无聊。当内心有一种如释重负的感觉时,或许会引发一些失落和叹息。

当彼此熟了之后,就会少了很多客套和拘谨,就能够比较放松地对话交流,这样的状态无疑是很好的。人与人之间充满着提防和戒备,这是由人性和现状决定的,很正常,也很无奈。当一种东西变得稀缺和难得的时候,它自然也是珍贵的,因此要珍惜,要努力使自己这样的朋友更多一点,让人生多一点轻松和乐趣。

家书已然成为过去式,尽管人们联系交流的方式已经有了太大的变化,但家书的价值和意义却是其他方式难以比拟和无可取代的,尤其是其中的真情实感与遣词造句,有一种独特的美感和力量。不曾写信很久了,现在唯有从名人的家书里欣赏和回味,或者我们还可以拿起笔来,将自己的心情和思想写下来,寄给我们至亲的人。

人与人之间的信任之所以困难,是因为人心的复杂和人性的多面,它导致人们不敢轻易地走近和信任。其实有时候我们不妨由着直觉,适度地相信一回,如此即便是吃那么一点亏,心理也能够平衡。没办法,我们总不能把自己封闭得太紧,更不应该因噎废食，失去享受真情的机会，否则我们的人生也太过无趣了。

　　生活的乐趣，有时候是什么事情也不做，优哉游哉，有时候是一天到晚忙个不停，东跑西颠。不过有一点是肯定的：都是自己愿意做的事情，都是自己愿意有的状态。该缓一缓的时候慢下来，该快一点的时候加把劲，收放自如，张弛有度。有享受有辛苦，有滋味有奔头，如此的生活自然是多彩的，如此的人生自然是惬意的。

2017.4

将命运掌握在自己手里

所谓命运,的确有一部分是掌握在自己的手里,一个人的性格、能力和品行直接影响到他的生活层次和质量。哀其不幸,怒其不争,关键是这个"争"字,因为它往往就是不幸的根源。当然,如果他自己没有感觉,或者习惯性地逆来顺受,那么别人能帮得上的地方便没有多少。这样的事太多了,因为生活中这样的人太多了。

我曾经多次表达过这样的观点:做自己愿意做、喜欢做的事情是一种幸福。生活中有太多的憋屈和无趣,整天纠结于此无疑是和自己过不去。在灰暗中寻找亮点,在沉闷中寻找乐趣,在琐碎中寻找意义,在疲惫中寻找寄托。如此,一个个寻常的日子或许就会有些光亮和色彩,生命一日日地消减,不如此实在是太浪费太可惜了。

有些事情表面上看是一种回归,实际上是一种升华,当然也可以说回归就是一种升华。很多时候,人生往往就是满世界折腾一圈又回到原点。当然,比较起出发的时候,回归者已经完全是一个不同的人,见过许多,经历过许多,有过喜悦,也有过泪水,比较起那些一辈子只在很小范围内溜达的人来说,他们自然更为成熟和富有。

亲近土地，会有很多乐趣。在那些简单的重复的劳动里，我们会体会到一种宁静和充实。亲近土地，会有很多感慨。很长时间里东奔西走，几乎忘却它的存在，忘记了它曾经给过我们很多。亲近土地，会有许多收获。精神上的启迪和身体上的锻炼，会让我们的状态更好。亲近土地，在那些放松的时刻和那些惬意的日子。

旁听一场文学讲座，感觉有几点很受启发。比如说，我们的写作应该有一定的模仿学习，其实所有的作家或多或少都在模仿；比如，我们既要依靠生活进行写作，也要依靠书本进行写作；还有就是，一旦开头，一定要坚持写完，如此会有利于我们的提高；要有一定的数量，这点很重要，因为只有不断地练习，才会有所进步。

为了让更多的人捧起书本，一些宣传上、形式上的东西是必需的，但如果仅仅停留在这个层面，那无疑是形式主义了。读书一定是一种自觉的行为，如果没有真正的认识和动力，是不可能坚持下去的。因此，要有一些行之有效的督促和激励措施，养成习惯，形成风气。这既非一朝一夕的事情，也不是开开会说说话就可以的。

主持名家活动很多回，每回都有不同的见识和感受。近距离的接触，少了许多其他因素，感觉会更加真切一些。名家的学养、气质和谈吐让人心生敬意，而名家的个性、癖好和心机又会让你明白，他们也是世俗中的人，由此内心会变得平静而理性。的确，我们对外界和别人的许多看法，都是一种偏见和一厢情愿。

有些时候我们不妨放开一些，做一些有些难度和挑战性质的事情。肯定会辛苦一些，或许还会有一些小小的风险，但它同样会有一些刺激和乐趣，做完之后，自然还会有一些满足和欣慰。其实，它又何尝不是一种锻炼和提高呢？而我们的人生也正是在一次次锻炼和提高中彰显价值和色彩，所谓人生意义应该也在其中。

人勤地不懒,的确是这么回事。一分耕耘,一分收获,而且这收获不仅仅是物质上的,更多的是精神上的愉悦。在食品安全出现问题的时候,这样的感觉尤甚。住进楼房之后,人们与土地有了距离,一些习以为常的东西成为稀罕物,于是有一块属于自己的土地,养养花种种菜,成为一种时尚和奢侈,让人不免感慨。

生活有时真是急不得,按照一定的节奏,循序渐进,时候到了自然就好了。但急不得的同时也慢不得,因为一旦慢下来,就会滋生出惰性,时间久了,便会彻底麻痹松懈,这很可怕。有时候看别人潇洒从容、自如流畅,很是羡慕和自卑。之后琢磨一番,也就释然了。天资不同,功底不一样,光鲜背后没准吃了多少苦头。

生活中,由于我们事先考虑不周而造成损失和隐患的事情不少,补救起来也很麻烦。之所以会出现这样的情况,无非是无知和马虎。不懂也不问,想当然,自然会出问题。考虑不周,麻痹大意,这种原因所占比例或许更多。因此,无论大事小事,都要认真对待,因为你大意了,就意味着为风险打开了大门,这可不是大道理。

你永远不知道下一秒会发生什么,这或许就是生活的趣味和无奈。有时候,我们感觉自己似乎能够掌握和预测将要发生什么状况,会有怎样的结果,但答案却出乎预料。当然,一定会有些规律和因果关系,但如果你绝对相信这些,没准你就错了,因为生活总是会比你想象的要复杂和精彩,而且经常是不按套路出牌。

收藏的意义在于量的积累、品质的追求,在于收藏过程中的那份惊喜和满足。但有一个回避不了的问题:收藏的终极目标是什么?传下去,交给孩子,或者转手变现,享受生活?事实上,很多人都很难如愿,孩子不喜欢不珍惜,自己舍不得出手,于是手上的宝贝就成为一种负担、一个问题。呵呵,还是不去想那么多为好。

按照自己的爱好,做着自己喜欢的事情,应该是开心的;按照自己的特长,做着自己熟悉的事情,应该是轻松的;按照生活的要求,做着自己必须要做的事情,应该是辛苦的;按照命运的逼迫,做着自己不愿做的事情,应该是痛苦的。一切都是由个人、环境和时机决定的,一切都是我们回避不了的,而这就是生活和人生。

2017.4

每个人都会为自己的选择付出代价

科技改变生活,这么多年来这样的改变不但持续不断,而且越来越强烈地直逼人们的想象力和承受能力。回首过去,你会发现我们现在所经历的,是过去不敢想象甚至不可思议的。未来会怎么样,没办法知道,一切皆有可能,我们唯有不断地熟悉和适应,才不至于被抛在很远的后面,成为一个手足无措的时代落伍者。

路上的时光,拖沓而无趣。幸好还有手机,可以浏览、阅读和写作。尽管都是一些碎片化的东西,但多少是一种补救,一些一闪而过的情绪和思绪得以记录,这点很有意义。当然,见闻及联想也是重要的,在暂时无法改变现状的情况下,不颓唐,不消极,调整心态,主动作为,把一段被浪费了的时间过得滋润而充实。

生活中,我们总会有堵住的时候,左冲右突找不到出路,为此很是纠结苦恼,也会有峰回路转豁然开朗的时候。心情轻快的同时,你会发现其实一切没有当时想象的那么难,只不过是没有找到正确的通道而已。而且纠结苦恼时的种种探索和努力并不都是无用功,无论是对于事情本身还是对于自己,都是一种有益的积累。

感叹时光太快实在没有什么新意,感觉自己虚度和辜负那才是问题。岁月按照自己的节奏往前走,任何因素和力量也没办法改变,因此没必要时不时煞有介事地感叹伤感一番。的确,怎么过都是过,只要你觉得没问题,谁也奈何不得。如果真要说有什么标准的话,那么一定是过得充实自在、过出点感觉和滋味要好一些。

精益求精是一种态度,更是一种品质。所谓工匠,就是把手中的一份技艺做得好上加好,把一件看似普通的事情做得不同寻常。在一般人眼里,精益求精的人是辛苦甚至无趣的,殊不知一定是有一种满足和乐趣在其中,这对他们来说,非常重要。芸芸众生各有各的活法,这很正常,而他们追求的,是某种意义上的完美。

家族往事自然也是社会历史的一部分,因此我们有义务把家族的一些重要的人和事记录下来。如此,既是一个纪念,也是一个贡献。也许都是一些老人们时常挂在嘴边的故事,也许都是一些看似很普通的物件,但如果我们不在意不留心,时间久了,它们就会被忘记和丢失。至于那些背后的深层次的东西,更是无从谈起。

当你置身事外的时候,你会发现自己看待问题的角度和心态都会发生很大的变化。你可以看到很多滑稽搞笑的东西,也可以看到许多苟且与不堪,更能够感受到人生的许多无奈和无趣,于是你就会想自己曾经的生活和现在的状态,或者因此会过得简单些,活得明白些,做一些自己愿意做的事情,幸福感由此日益清晰起来。

一块贫瘠的土地上是很难长出茁壮的苗的,需要改变,松土、追肥,需要更多的辛劳和用心。同样,一个天资愚笨的人是很难有所成就的,需要提升,学习、思考,需要更多的刻苦和专注。因此,我时常提醒自己,勤不一定就能补拙,但必须勤奋,必须比别人更多地付出,否则不会有什么收获,当然更不必抱怨什么。

因为考虑不周而做无用功,这样的事不少。想来还是因为自己事先没有认真仔细地筹划和思考,忽视了一些简单的常识。其实我们经常会在不同的方面犯同样的错误,当然也经常要为这些错误埋单,物质上的成本倒在其次,时间上的成本实在是可惜得很。而避免这样的错误,除了认真仔细,知识和经验的积累也甚为重要。

生活中坚持自己的标准和追求通常是辛苦甚至痛苦的,太多的因素会成为这个过程中的阻碍。而坚持就意味着同时需要放弃一些东西,或许还会让自己和家人吃些苦受些罪,还有可能因此慢待一些人得罪一些人,因为你不按世俗的套路出牌,必定为世俗的世界排挤乃至打压。没办法,每个人都会为自己的选择付出代价。

大节不亏太重要了。一个人可以有个性,哪怕他的个性让人觉得有些过分,可以有缺点,哪怕他的缺点让人难以忍受,但他一定不能在人品上有大问题,不能在人格上有污点。关键时刻,在大是大非问题上,不能犯错误。否则他一辈子甚至在身后都会被他的错误乃至罪恶所拖累,任何追悔莫及和痛心疾首都没有什么用处。

除草的时候我在想,其实草并没有什么错,有土地有阳光它就能生长,错的应该是我们人类,太现实,一切以自己的需要、有用没用为标准。需要的时候甚至会播种洒水精心伺候,不需要的时候则唯恐消灭得不够彻底。所以从某种意义上讲,人类是最实用主义、最不厚道的,这么一琢磨后,感觉自己一下子想通了许多问题。

当我们读一部作品的时候,会有一个进入的过程,进入情节,进入情绪,然后阅读节奏便会快起来。如果还能够引发共鸣和遐想,便会进入阅读的另一种境界。当然这一切因人而异,同样一部作品,不同的人去读,或者同一个人不同时间去读,结果都会不一样。其实这样的话早有人说过,不过自己感受起来要更为真切一些罢了。

2017.5

把有限的精力用在有意思的事情上

乐趣这东西是要看心态的,你乐意做的事情,就会感觉到有趣味。不同的时候不同的事情,感受到的乐趣自然不尽相同,但只要有乐趣,就不会厌烦,夜以继日、废寝忘食也不会有怨言。所以我们还是应该尽量去找一些自己愿意做的事情,把有限的生命消磨在自己感觉轻松愉快的事情上,为自己的未来留下一些开心的记忆。

人穷志短,有些道理。但一个人在很多时候的做派,似乎与穷富关系不大,倒是和格局联系比较紧密。而一个人的格局与其性格、心胸、学养等关系密切。小处计较,大处犹疑,自然会错过许多场面,失去很多机会。但这似乎也是无可奈何的事,很多东西基本上是没办法改变的,能够自觉警醒寻求突破的人少之又少。

简单地收集而不做任何研究,这样的收藏是很有问题的。当然所谓的研究要有一定的宽度和高度,不能是那种泛泛的东西。唯有研究才能支撑起收藏的意义,唯有研究才能在精神层面体现出收藏的价值。发现发掘,境界升华,一点一滴持续不断,用心琢磨耐心求证,在平淡的日子里探寻藏品的密码,享受收藏的乐趣。

很多时候我们都是因为回不住别人的面子，不好意思拒绝，而去做一些事情，心里难免会有一些想法。但如果我们换一个角度和思路就会发现，别人也同样会遇到这样的事情，有时甚至就是为了顾及我们的面子和感受。在这些事情上，不能过于苛求是与非，如果真的不愿意去做，也不必勉强，并以此标准对待别人。

人们热衷于过那些名目繁多的节日，通常是为平淡的生活增添一些色彩和乐趣。商家需要营造热点刺激销售，大众又何尝不是需要一些花钱消费的理由呢？更何况其意义不仅仅是这些。人们需要聚会和交往的理由，需要表达感情的机会，而这些都需要一个契机。厌烦这些的人尽管可以不屑一顾，守着自己的一份清淡平静。

中国人做事喜欢一窝蜂，这句话很多人说过，现在依然如此。但我总想着一窝蜂之后是不是会有一些人坚持做下去呢？我想应该会有的，而我所希望的是这样的人越来越多一些，以至于对这个社会产生一些影响。因此不管是《诗词大会》还是《朗读者》，都不妨让大家一窝蜂地去模仿跟风，毕竟都还属于文化的范畴。

精益求精是一件没有止境的事，也是一件很难做到的事情。在很多人选择粗制滥造、敷衍了事的时候，也会有人坚持认真仔细，把手里的活做得好上加好。其实精益求精的人是有乐趣的，把一个东西一件事做得力臻完美，心里踏实舒坦就是他的乐趣，而这样的乐趣别人是感受不到的。很简单，追求不同，感受一定不会一样。

风险意识会让我们在做任何事情的时候都有一种预判，当然这样的预判一定是建立在常识和经验基础上的。只有想到或者意识到了，才会在行动时小心谨慎，防止出现问题。作为旁观者，如果发现安全问题，也应该及时提醒一下，这与是否认识、交情亲疏没有关系。性命攸关的事,谁都有这个义务和责任,这是常识。

有时候妥协也是一种办法,或者说也是一种策略,没办法改变,必须去做,且没有什么危害的时候,不妨妥协。有时候妥协也是一种胸襟,或者说是一种气度,不和小人置气,不说说了等于没说的话,挥一挥手,淡淡一笑。生活中值得我们关注和用心的事情太多,把有限的精力用在有意思的事情上,其他的不妨随他去了。

粗制滥造一本书,既缺乏起码的职业操守,也是对作者的不尊重,如果是如此对待已经去世的作家,那更是一种亵渎。如今最糟糕的是集体不讲究,集体熟视无睹,缺乏敬畏,没有底线,其结果自然是大批的假冒伪劣,大量的资源浪费。

当一个人来到一个陌生的环境时,他会体验到一些平常没有的感受,会在内心激发出一些新的东西,会对自己习以为常的日子生发出一些反思,或许因此你会突然意识到什么,并试图做出一些改变。所以一个人不能总处于一种状态,必须要寻找机会跳开来,换一个角度和思路看自己,避免让自己陷入一种可怕的惯性和麻木。

当一个人能够平静地回首往事的时候,他会变得放松而理性,在叙述中也会很自然地加入一些判断和反思,这样的状态无疑是很好的。回头再看,曾经的奢望、野心和曾经的算计、暗斗,都显得平淡,没有多少意思,有时甚至是无用功,耗费很多精力和时间着实有些不值。但彼时的心态和环境,会让人不由自主地去做。

一些标新立异的东西往往是似是而非的,玩一些概念弄一些噱头而已,但这样的东西居然会招致不少人的喜欢,真是让人有些费解。估计大家的心理都是一样的,虽然不懂,但是和别人不一样,显得比较别致,便可以了。一些所谓的时尚或许都是这样吧？殊不知如此这般，会将一些很正式的事情弄得像一场嘈杂的闹剧。

当我蹲在那里，埋头做着自己的事情时，感觉所有的一切都距离我很远，包括不远处马路上汽车来往的声音，周边各种电动工具发出的或大或小的噪音，以及偶尔传过来的说话声，都在耳边，又都没往心里去。眼睛盯着的是手里的活，大脑里流动的是一些互不相干的东西，想了便想了，过了也就忘了，一个轻松的下午。

有些感觉很奇特，但因为一些原因，这样的感觉只有自己感受得到，别人或许还会一脸茫然。由此可见，独特的经历造就独特的认知和感受。同样我们也可能不能理解别人的喜怒哀乐，但我们要学会理解和尊重。有些东西可以分享，有些东西却是一辈子也不能说或者说不清楚的，想明白这个道理，自然也就踏实了。

远离品行不端的人，必须果断。无论这种人有怎样让你心动的地方，比如看上去形象挺好，或者貌似性格不错，只要他在品行上有大的问题，那么就一定要留意提防。当这样的人处于劣势或者和你有着共同的话题和利益的时候，需要格外注意，因为只要有机会，他就会故技重施，毫无顾忌地将你出卖。有时候善良是一种错。

2017.5

我不太相信所谓一蹴而就的奇迹

收集同一作品的版本,如果不沉下心去研究比对,那只不过是一种数量的增加,没有什么特别的意思。而我的原意也是要通过这样的收集和研读,丰富自己的专业知识,提高自己的收藏境界。其实这也是读书的一种,同样的文本通过不同的人(出版机构)的手,会呈现出不同的状态,而这些不同的状态也就是世情民心。

平常的日子,有些记挂,有些喜爱,就会让它多些趣味和色彩。当然一定会消耗我们的一些精力、体力和钞票,但某种意义上,生活不就是一种支出和获取的过程吗?唯有保持动态的平衡,我们才会感受到充实和快感,也才会让一些固态的东西生动起来。很多时候我们之所以会感觉无聊,就是因为我们的日子总是一成不变的。

作为一名文化沙龙的主持人,不仅需要大方利落的台风和对场面的把控能力、对现场气氛的调控能力,更需要对嘉宾及其作品有所了解,唯有如此,才能够真正做到因势利导,紧扣主题,突出重点,让嘉宾在放松的状态下发挥得更好,让听众能够有超出预期的收获,当然主持人自身也会因此得到一次锻炼和提升。

休闲首先要心闲下来,总是想着其他事情,总是感觉有一种愧疚感,是不能够真正闲得下来的。如此说来,休闲也是一种境界,是一种有意识的放松和无为,与那些无所事事的闲游浪荡不是一个概念。一直奔着一个目标往前冲的时候,或者被一些无聊无趣的事情弄得身心疲惫的时候,不妨脱开身来,让自己放松一下。

人心涣散,各奔东西,一定是有其深层次的原因,说明这个单位或企业存在着比较严重的问题。与其埋怨员工见异思迁,没有长性,不如反思一下自己是不是哪里出了问题。当然,如果是压根就没把员工放在眼里,肆无忌惮为所欲为的主儿,自然是另当别论。你不拿员工作数,员工毫不犹豫地离你而去就是再自然不过的事。

管住自己的嘴,不该说的话不说,的确是一件说起来简单做起来却并不容易的事。自己的个性,特定的情境,都有可能让我们管不住自己的嘴。当然多数时候即便说了也不会有什么大事情,但如果摊上一些不靠谱、不地道的人,那问题就大了。所以我们即便不能总是控制住自己,但对有些人还是要格外小心、守口如瓶的。

有些事尽管为难,但是做一做还是很有意义的。因为富有挑战性,所以必须认真对待,而一旦认真,必定会有所收获。人生或许就是这样,除了做一些自己喜欢做的事情,也可以做一些稍微有些难度的事,太过平淡的日子往往会消磨我们的意志和激情,而舒适滋润的生活通常是我们难以拒绝的,这是很正常的一个现实。

无论是什么主题的报告,都应该有特色和干货,否则人家为什么要规规矩矩坐在那里,又怎么可能让人家真心诚意地为你鼓掌?一切废话连篇空洞无物的报告都是在浪费别人的生命,对年轻人格外应该负起责任,用认真的态度、真诚的话语去感染和打动他们,不但要教他们知识和经验,更要让他们体会到如何做人。

我不太相信一些所谓一蹴而就的奇迹,因为凡事必须要有一个过程,尽管有些过程我们看不到,但它们一定是存在的。当然其中会有天分和机遇,但那是可遇不可求的,所以还是踏踏实实地做起来。一个走在路上的人,才会有许多见闻和经历。一个始终努力向上的人,才有可能到达新的高度和境界,否则一切无从谈起。

很多事情不必到处去问去比,自己喜欢就好,做好具有自己独特个性的东西,没准就会成为别人眼里的新奇和近乎完美的人。因地制宜、量力而行、脚踏实地、精益求精,应该成为我们做事的准则。总是跟在别人后面追,总是停留在模仿复制阶段,一定会付出代价和失去自己的风格。当然前提是你必须要有相应的智力条件和心理准备。

人们常说治标不治本,殊不知探寻问题的根源是一件很不容易的事情。它需要我们的智慧和经验,更需要我们持之以恒的信心和行动。由此想到做事情的计划性和节奏感,成竹在胸,不急不躁,有条不紊,一桩桩一件件地做下去,不会犹豫彷徨,也不会随随便便改变,直到大功告成的那一天,抬起头松口气,感觉很爽。

整理先人的文字,在字里行间了解先人的生平经历,感受到先人的风度气韵,心情自然是不平静的。这是一种了解,也是一种交流,在宁静的时光里,流淌着一股温暖的东西,文字透露出的一些信息,会让你渐渐了解、慢慢走近先人。这样的过程缓慢而悠长,有时或许是困难的,但这样的体验注定是印象深刻而独特的。

一个两百多年前的励志故事:一个少年,九岁时父亲去世,十一岁时母亲去世,他和哥哥成了孤儿,幸好有亲戚帮助,才得以生存下去。相比于衣食上的照顾,一番语重心长的话更是让他受益终身。没有土地没有房子更没有依靠,一切只能凭自己的自强和努力。少年暗下决心,踏踏实实地去干,终于有所收获有所成就。

  总有这样的时候,也许它来得迟一点,或者很迟,但只要你一直在做,它一定在某个地方等你。这么说来人生大多数时候是平淡寂寞无趣的,如果没有一个个目标在那里,那么它真是没有多少意思。所以还是要想办法让它丰富一些,仿佛在一块土地上播下种子,然后为了未来的收成,不断去做着什么,日子充实而多彩。

  帮助别人的时候,我们通常会有一个比较明确的感觉,但对于别人的帮助和善意,我们往往可能会忽视。这是我们的主观故意,还是人性的问题,还真不好说。不过我们可以尝试改变,以一颗细腻的心去接受和感受哪怕细微的温暖,如此或许就不会对自己的付出耿耿于怀,心安方可心静,郁闷委屈之类自然也就会少许多。

2017.6

人生中没有那么多便宜可讨

有性格缺陷的人往往会做出一些让别人哭笑不得的举动,因为缺乏自知,所以行为任性偏执;因为自私狭隘,所以不注意别人的感受。这样的人由于缺乏自律和自省,所以其生存环境会越来越糟。究其原因,先天遗传加后天修养都有问题。这样的人如果品行上也有问题的话,基本上不会有一个好结果,这也是咎由自取。

平常的时光,做着自己选择的事情,慢慢会做出感觉和乐趣来。在某种意义上,我们大多数时间都是在虚度,其实这也没有什么,自己能够安心愉快就好。诗和远方固然令人向往,平静惬意的生活也未尝不是一种选择,在被某种力量裹挟着一直往前走的时候,能够多少按照自己的意愿度过一些时光,也算得上是某种幸福。

能力这东西不是说给你位置和机会就会有的,相反如果能力跟不上,只会让自己陷入尴尬。让合适的人在合适的岗位是一个最起码的原则,但现实往往是出于各种裙带关系和利益的考虑,排斥异己,将一些所谓自己人安置在一些重要的岗位。其实这样的事一点都不新鲜,可谓古已有之。其结果必然是人才流失,人心涣散。

即便是再用心,文字所能记载下来的毕竟也是有限的,但这样的记录,对于后人来说,却是弥足珍贵的。可以说如果没有文字,用不了多少年,一个人就会消失得无影无踪。这真是一个让人悲凉和沮丧的事,也是无可奈何的事。用自己的力量,尽力去做些什么,尽力用文字留下一些东西,或许多少可以消减一些这样的无奈。

不计条件和后果地执着于自己的喜爱和追求,需要很大的勇气和定力,有着太多物质和利益方面的欲望的人是没办法做到的,甚至都没办法想象。的确,我们首先应该是一个生活中的人,我们需要关注我们周边的每一个人和每一个细节,但我们也的确需要有一些精神上的追求,我们做不到全力以赴,但我们可以坚持不懈。

或许我们一辈子都写不出什么好作品,但我们可以写得更认真一些仔细一点;或许我们一辈子也研究不出什么名堂,但我们可以在一些小的方面有所收获;或许我们的很多东西都是改变不了的,但我们不妨尽力去努力一把尝试一下;或许人生果真是到头来一切都是场空,但我们还是应该用行动将每一天填满。

人们常常会说"动机不纯"这个词,其实就是指那些口是心非的人,他们貌似做着很实在很有意义的事情,实际上却有着自己的心思和打算,与挂羊头卖狗肉有些类似。说到底图的是自己的私利,但又想着落一个好名声,真是应了那句很刻毒的老话。其实,一个人即便是再奸诈狡猾花言巧语,只要他做了,就会露出尾巴来的。

简单的快乐,是种了很久的丝瓜终于开花结果,是你正准备提水浇地天上下雨了,是刚下了这路车正好赶上下一路车,是夏日的晚上有徐徐轻风吹过来。生活里不可能有那么多大的惊喜,在平平淡淡的日子里留意那些小小的快乐,也会让自己的心情变得轻松愉快。说到底还是心态,你怎样看待生活,生活就会怎样对待你。

成功的营销活动一定不是靠天收,它必须要有充分的设计和准备。从来就没有什么比较简单的活动,你如果觉得简单,那一定是你自己简单了。有了一个比较好的营销计划后,对于活动实施的控制依然不可掉以轻心,必须要一直在状态,始终保持对局面的把控,防止前功尽弃。其实我们日常做人做事又何尝不是如此?

"研究是主动和系统方式的过程,是为了发现、解释或校正事实、事件、行为、理论,或把这样的事实、法则或理论做出实际应用。"而对我来说,所谓研究,无非是通过对某一方面资料的收集、阅读和思考,得出自己的判断并形成一定篇幅的文字。研究的过程或许是繁杂甚至有些枯燥的,但最终出结果时的感觉真是很好。

大自然里的人工之作终当交给自然来打理,风霜雨雪,树木花草,会让它们脱了做作夸张的元素,变得自然温润一些。如同一个孩子,在成长的过程中,去了乳香和稚嫩,变得成熟沉稳起来。其实文字也是这样,从刻意做作到从容大气,需要时间,更需要用心,简简单单,自自然然,不想着什么形式和奇巧就好了。

走万里路的价值在于开阔眼界,激发思维。无论是去哪里、怎么去,只要留心,就会有收获。所以一定要寻找机会多出去走一走、看一看。况且改变生活的状态本身就是一件有益的事情。一直如此的结果是从适应到麻木,以致渐渐封闭,这样的生活对于一个写作人来说危害更大,胡思乱想、闭门造车实际上是一种自欺欺人。

当你一次又一次把自己知道的东西告诉别人的时候,你其实是在一次次回望你的过去。岁月给你相应的收获,也就是给你一种补偿,让你感觉自信和平衡。看似那些后来者可以比较轻松地得到,实际上并不是如此,一些东西你不到一定的阶段,没有一定的积累,是体会不了、感受不到的。人生中没有那么多便宜可讨。

  成就感是建立在一件件烦琐的小事、一桩桩棘手的大事之上的。相对于过程的煎熬甚至艰辛,一些或大或小的成就感是否就值当?还真不好说。因为有些事是自己根本不愿意的,有些事情是随着惯性走的,真正是自己喜欢而且不离不弃的少之又少。但人生在世,很多东西是由不得自己的,即便是自己当初对上眼的也是如此。

2017.6

必须从根本上解决问题，这是常识

很多结果看似来得偶然，实际上也是一种水到渠成。各种因素和准备，促成了最终的机缘巧合。所以我们在耐心等待的同时，不能停下自己的手，机会来了再做是一种托词，也是一种自欺欺人。事实上，很多人都在默默地做着手中的一份活，都在等待属于自己的那个机会，这是现实。尝过甜头的人都知道如何去面对和等待。

判断一件事的可行性，一定要理性客观，尽可能地排除一些因素的干扰，否则很有可能会面对令自己尴尬的局面。当然，我们每个人都会有误判的时候，因此在我们的能力范围内尽可能认真一些。作为一个普普通通的人，不可避免会被各种诱惑吸引，这很正常，正如我们会有自己的个性和坚持，会爱惜自己的声誉一样。

无论是做一件事，还是写一篇文章，理顺思路非常重要。没有一个很清晰明确的思路，就会时常陷入迷惘和混沌，茫茫然找不到方向。很多时候我们看上去做得有模有样，但是总没有什么成果，显然是做了无用功，说白了就是瞎折腾。一时一事如此还好，如果总是这样，那就悲剧了。可见拥有一个清醒的大脑多么重要。

没有效率,没有效果,都是很糟糕的,它与能力和水平有关系,也与性格和习惯有关系。没有效率浪费时间和精力,没有效果更是如此。如果浪费的是大家的时间和精力,则尤其让人不能容忍。我们常常一边感叹时间不够用,一边有意无意间把大把大把时间浪费了,真是让人无语。这样的事情过多,无疑是一种灾难。

当一些很重要的东西失而复得时,会是怎样的一种心情?这样的感觉不是亲身经历者是很难想象的。还有一种很普遍的情况是,失去之后才感觉到它的重要甚至珍贵,后悔得不得了。这样的事情在人与人之间的关系中尤为多见。大多数时候,失去了就永远找不回来了,即便是找回来也很难有过去的感觉,因为人心是最敏感的。

将一件比较复杂棘手的事情慢慢理出一些头绪,然后按照一定的计划一项一项地去做,渐渐就会有些感觉和把握了。这其实应该是一个进步的过程,因为过程一定是很难很费劲的。等到这样的事情做出了兴趣和乐趣,才会是真正进入了状态,这时候距离成功只是时间问题。而畏惧躲避这样的事情也就不会拥有这样的成功。

阅读名人的自传或者回忆录,可以了解不少鲜为人知的幕后故事,以及作者不经意间透露出的一些信息。那些作者刻意宣扬和书写的东西,会让我们了解作者的用心,而那些作者试图解释和掩饰的东西,也会让我们据此得出自己的判断。在这些作品里,文学的享受是可以忽略不计的,史料性才是它们的价值和意义所在。

平坦的路走多了会感觉疲乏,太有规律的日子过久了会感觉单调。在几个小时内突击做一件事,比如读一部长篇小说,是对自己的一种测试和挑战,其中肯定有辛苦,自然也会有乐趣和一种成就感。人生平平淡淡的时候居多,人为地制造一些机会,调整一下生活的节奏,小小地为难一下自己,给自己一点刺激,其实也挺好。

拖延是一种回避,不愿意不敢于面对;拖延也是一种懒惰,能不做的尽量不做。有时候拖延是一种解决问题的方法,让一些东西渐渐冷下来再说;有时候拖延是一种智慧,无为而治自然而然。所以什么事情都有它的多面性,不可一概而论。智者遇事会综合全面地去分析判断,而庸者则通常会选择有利于自己的各种理由。

很多时候,人们的优柔、迂腐、软弱、自私会造成不可弥补的损失。因为很多东西失去了就永远没有了,而恰恰这些东西又是极为珍贵和有意义的。悲剧就是这样,毁灭那些美好的东西,让一时的错误成为永久的遗憾。许多年后,面对着空荡荡的过去,那种失落和叹息无奈也无用。这样的事情和这样的感触伤害太大。

必须从根本上解决问题,这是常识,但往往因为过程相对复杂烦琐,人们更愿意走一条所谓的捷径,着重于眼前或者表面问题的解决或减缓。治标不治本、得过且过,直至适应那种虽然不舒服但也不至于混不下去的生活。人们常说性格决定命运,这个命运里一定是包括生活对你的态度,而这态度大多时候是你自己选择的。

所谓灵感,实际上就是心里总是在琢磨的问题忽然有了一个解决的途径和方法。当然这个灵感的获得是需要有一定的基础和条件的,否则你尽管日思夜想费尽心思也不会有什么结果。如此说来,我们缺的不是什么灵感,我们缺乏的是一种能力、方法和角度。而惊喜的代价,是个体的遗传、积累、用心对待和孜孜以求等。

每天看上去忙忙碌碌的,实际上都是一些琐琐碎碎的事情,其实很多事情都可以不去做,很多东西都可以不去追求,但欲望、虚荣和所谓的人生目标却在后面刺激着你,促使你忙了这个忙那个,似乎有些悲剧。人生或者就是这样吧,温饱之后,总想多一点财富和享受,总感觉闲着是一种浪费,否则又用什么来打发时间呢?

2017.7

好日子差日子都是我们自己的日子

大热的天,心态很重要,何况还有可以躲避的地方。不急不躁,做着自己的一份事情,也算是一种打发时间的方式。冬天冷夏天热,正常的自然现象,周而复始,时间一到就过去了,没有什么。倒是我们的时光,过去了就没有了,因此,好日子差日子都是我们自己的日子,抱怨几句可以,浪费了那就太可惜了。

坚持自己的原则和底线,非但不是一件容易的事情,而且还会把自己弄得很累。但是即便这样,也还是值得的,为了以后自己不后悔不脸红,哪怕有所失去多些辛苦也没有什么关系。其实人生没必要时时事事都去较真,很多事情尽可以大而化之,但的确有些事情需要坚持,不是在乎别人说什么,而是过不了自己心里那个坎。

人与人之间,走得太近不好,过于客气更是有问题。真的朋友之间,应该简单一些,说话做事没有太多的顾忌。当然这样的关系可遇不可求,一般情况下,彼此之间保持距离,客客气气,也算得上是一种比较好的状态。不能太天真,也不可太贪心,美好的东西就那么多,如果能够有幸拥有那么一些,就很好了,应该知足。

缺乏常识，思路狭窄，不但影响决策，贻误时机，造成不好的结果，而且还会波及心情，动摇信心，把生活弄得很糟。人生或许也是这样，很多时候解决问题的办法就在那里，但我们不知道或者没有发现，只顾着在一旁唉声叹气。知识就是力量，思路决定出路，大家都会说。知道了还不行，树立起这样的意识至关重要。

做好一件事情的关键因素很多，比如有的时候环境条件就很关键，它直接制约了你是否可以顺利地将事情做下去，所以必备的物质条件还是要保障的，它是基础。很长时间里，不少人羞于公开谈物质条件和待遇，仿佛说了便显得俗气小气低级趣味了，实际上这也是一种被长期灌输洗脑的结果，是对人性的一种漠视和反动。

当一个人进入老年以后，其记忆力处于渐渐减退的状态，如果没有外力的刺激和提醒，他大脑里的很多东西就会慢慢淡化直至消失，这真是一件很无奈和可惜的事情。有必要有目的性地进行挖掘和整理，把它们以文字的形式记录下来，这样的工作无论是对一个家庭还是对于我们这个社会，都是十分重要并且很有意义的。

见识大家，领略大手笔，是一件值得庆幸的事。我们既不能不加咀嚼，盲目称道，也不能先入为主，妄自菲薄。我们需要的是静心揣摩，用心发现，把那些主题之外的架构节奏、平淡之下的技巧笔法，真正领会掌握，并通过一段时间的沉淀发酵，使之化为有益于自身的养分，通过转化吸收，最终流出我们的笔端。

2017.7

享受那些简单的快乐

写文章写到胆怯,甚至有些战战兢兢,这样的感觉很少遇到。应该是遇到自己不擅长的题材,不熟悉的知识领域,而坚持做下去的过程也无疑是一个学习和提高的过程。做文字和做人有很多相通之处,你都需要为自己的选择付出代价,当然有些代价是在前期,有些则是在事成之后,也就是因和果的关系,谁也没有例外。

我们的环境限制了我们的视野,我们的惰性阻碍了我们的步伐,当我们自我感觉良好的时候,已经被人家甩出去很远。很多时候我们只是自己跟自己比,所以很容易满足。其实我们更应该自己跟自己较劲,如此才可能进步。时间过得太快了,自己不抓住自己,那么谁也不会帮你,习惯了随波逐流,一辈子很快就没有了。

每一条路都会有它或多或少的特色,还会有它独特的历史和故事,当然也会有我们关于它的记忆,这些东西融合到一起,就是它的一个画像或者侧影。许多年里,人们熙熙攘攘,来来往往,仿佛什么也没有留下来,如果没有记忆和记录,它永远是扁平的。而文字和文学作品会让它变得立体丰满,同时富有一定的色彩和温度。

对于那些狡诈阴毒的人，不能一味回避忍让，更不能心存幻想，认为他们或许会有回心转意、心慈手软的时候。有时候善良是一种毛病，它不但会让自己受到伤害，还会于有意无意间助纣为虐，殃及更多的人。所以不要总是抱怨，感觉自己多么多么不走运，可以尝试反思一下自己，是不是在该发声的时候选择了沉默。

静心做一些琐碎的事情，未尝不是一种享受。收拾房间，整理图书，洗衣归置，擦灰拖地，一件件慢慢做来，也会有不小的成就感。其实有时候不在乎自己在做什么，而是在乎此时此刻的感觉如何，你觉得放松舒服那就尽管去做好了。与其纠结郁闷，还不如去享受那些简单的快乐，让自己的内心空阔沉静起来。

每个人都有自己的活法，有些人是主动去选择，更多的人是被动去适应，无论怎样，久而久之都会形成惯性，陷入一种麻木和平淡。一直不忘自己的目标，矢志不渝孜孜以求者，一定都是一些有着执着信念的人，他们明白自己想过的是怎样的生活，哪怕因此有所失去也在所不惜，在他们心目中，生活已然成为一种信仰。

生活原本就应该是多种形式并存的，总是一种思维一个模式难免会感觉单调，而尝试一些新东西无疑是对自己的一个刺激。惯性的生活是最容易度过的，也是最顺溜地把我们送到终点的，久而久之，色彩和趣味都会淡很多。新的尝试有时是主动的，有时有一些被动的因素在里面，无论如何，跨出第一步是非常重要的。

因为某个契机，回顾一下自己过去的日子，自然有些感慨。一天天过去的日子，放在一起或许就成了另外一种形态，熟悉而陌生。时间这东西真是很搞怪，看似波澜不惊平平淡淡，实际上一笔一画都不会少，在你不知不觉中把你的模样变了，与此同时不间断地从你身上抽出一些东西，然后再把一些东西塞给你。

总的来说，我们在做事情的时候应该认真仔细，但有时候也不妨简单粗暴一些，先大致到位，之后有时间的时候再慢慢做细做精。这里有一个轻重缓急问题，也有一个方式方法问题。而我们往往会陷入一些程序和细节里，导致全局的松散和拖沓。这样的状况会出现在我们生活中的很多方面，出现在我们人生的一些地方。

不在状态是一种很糟糕的状态，因为它意味着你很茫然，不知道应该做什么，或者虽然想做一些事，却怎么也找不到感觉，没有激情自然便没有效率，于是心情更糟，整个人进入一种恶性循环。其实一定有某些东西在发挥着反作用，只是我们没有察觉到，或者就是当局者迷。而如果想改变就必须找到原因，然后行动起来。

现在生活里，体力劳动越来越少，久而久之，体能自然急剧下降，这真不是一件好事。现代化的生活免去了许多我们原本需要出力的活，这应该是一种解放，但解放出来的体能用到哪里去是一个问题。如何适应新的生活，如何让自己的身体处于一种比较良性的状态，需要我们用自己的行动去感知和探索，直至找到答案。

2017.8